CAVALOS NO ESCURO

CAVALOS NO ESCURO

RAFAEL GALLO

1ª edição

EDITORA RECORD
RIO DE JANEIRO • SÃO PAULO
2024

CIP-BRASIL. CATALOGAÇÃO NA PUBLICAÇÃO
SINDICATO NACIONAL DOS EDITORES DE LIVROS, RJ

G162c

Gallo, Rafael
Cavalos no escuro / Rafael Gallo. - 1. ed. - Rio de Janeiro :Record, 2024.

ISBN 978-85-01-92148-2

1. Contos brasileiros. I. Título.

CDD 869.3
24-89140 CDU 82-34(81)

Meri Gleice Rodrigues de Souza - Bibliotecária - CRB-7/6439

Texto revisado segundo o Acordo Ortográfico da Língua Portuguesa de 1990.

Direitos exclusivos desta edição reservados pela
EDITORA RECORD LTDA.
Rua Argentina, 171 – Rio de Janeiro, RJ – 20921-380 – Tel.: (21) 2585-2000.

Impresso no Brasil

ISBN 978-85-01-92148-2

Atendimento e venda direta ao leitor:
sac@record.com.br

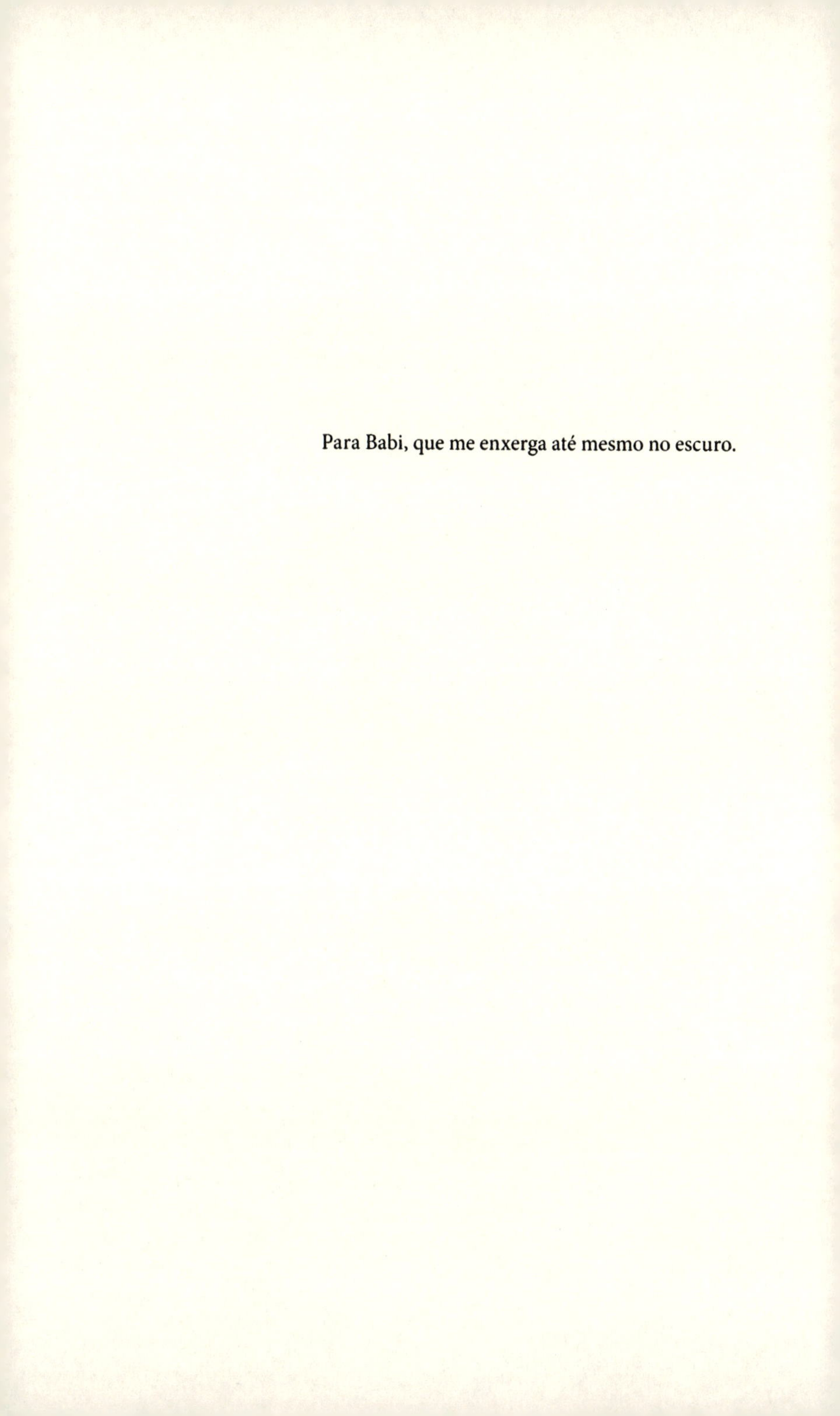

Para Babi, que me enxerga até mesmo no escuro.

"Uma gaiola saiu à procura de um pássaro."

(Franz Kafka)

SUMÁRIO

CAVALOS NO ESCURO

Os cavalos se aquietam no estábulo, a fazenda restituída ao silêncio noturno. Joana deve estar prestes a voltar, então. A porta do casebre se move em um gemido tenso de fragilidade. Através da abertura, a luz da lamparina na mão da mulher derrama no chão as formas trêmulas de seu corpo. Os passos que atravessam sala e quarto são captados pela vigília do marido; ele a espera deitado no breu, olhos abertos de frente para a parede. Quando a esposa se senta na cama, o homem se volta e estende a mão ao ombro dela, que se crispa e evita o toque. Toda a pele ao modo de ferida aberta. Pedro não pode mais tolerar tanta recusa, que extrapola a negação por capricho de decência feminina. A esposa ainda guarda ressentimento dele por causa da discussão de tantos dias antes? A dúvida maior, como tudo que há debaixo do sol, projeta sombras para além de seus próprios limites. Quando a mulher não se dispõe ao marido por tanto tempo, alguma desordem há. E se há desordem, precisa ser corrigida. Ele recolhe os dedos, as palavras mal formadas no pensamento, e abre espaço a Joana. Um único movimento do braço dela e o vestido despenca. As costas nuas, curvas ígneas em proximidade ao lume, traçam um ponto de interrogação por entre a penumbra. A mulher põe a camisola e, ao deitar-se rente ao marido, apaga a chama da lamparina, afundando o casal de vez na escuridão. Muitos cheiros sobem do corpo dela: o do estábulo, do casarão, de quem lhe cruzou o caminho. Ou talvez estejam só na cabeça dele tais vestígios, das narinas para dentro os odores. Em especial, os que trazem consigo os cavalos, como pequenos demônios infiltrados. Eles voltarão infernais nos sonhos de Pedro, sabe disso antes mesmo de adormecer. Atravessariam também o sono de Joana? Ela não emite qualquer sinal de perturbação ao longo da noite.

Ele dá os primeiros passos dentro do estábulo. Geometria familiar dos espaços – baias divididas para os animais, vigas de madeira cruzadas entre as telhas, piso firme de cimento sob os pés –, porém, conforme avança, as passagens se embaralham em labirintos movediços. Nenhuma saída possível: em todas as direções que busca, dá de frente com uma parede. Começa a tremer assustado, ele também bicho a farejar perigo nas trevas: a vasta sombra do mal. Está perto. De repente, as bestas surgem de todos os lados, corpos condensados da treva. As patas batem ferraduras contra o chão, relinchos triscam o ar. Pedro vê, de novo nessa madrugada, os cavalos no escuro passarem por ele, soltos em galopes violentos. Rumam caóticos para o fundo do estábulo, de paredes agora rentes, claustrofóbicas. Ele segue os animais; no centro do círculo onde se juntam, desvela-se pouco a pouco a imagem recorrente: os cavalos atacam alguém, montam o corpo de uma mulher, fornicam Joana. Pedro acorda em choque, o grito sugado garganta adentro, sem fôlego. Ao redor, a quietude de sempre. O sono sem embates da mulher.

Insone a partir dali, o caseiro só espera o canto do galo conceder permissão para se levantar. Põe à mesa o pão e o leite a serem divididos com a esposa, no cocho o milho das galinhas e no chiqueiro a lavagem dos porcos. O sol começa a despontar. Joana também se levanta. Pedro liga o rádio de pilha, ouve notícias de um país que soa distante daqui, onde vive. Nas capitais, militares no governo têm de combater agentes subversivos, proteger da desordem o povo. Ele tenta compreender tamanho caos, discernir onde estão os erros, mas o caos não permite entendimento. Ainda é cedo para falar com seu Fortunato, então entrega um pouco mais seus ouvidos à programação. Aumenta o volume do rádio.

Pela janela do casebre, vê Joana abrir as portas do estábulo e entrar, desgostoso com a presença dela ali. Pouco depois, a mulher sai; os animais lhe acompanham os passos, o caminhar lento dela na bruma fria. Pedro se lembra de histórias ouvidas desde criança na roça: bruxas capazes de enfeitiçar os bichos, levá-los à loucura ou à obediência total. Joana parece conseguir ambas. Ela segue para a casa do patrão, os cavalos deixados para trás. À luz do dia, aparentam serenidade. Pedro segue o mesmo rumo mais tarde, no rastro das pegadas já desfeitas de feitiço da esposa. Tudo dá mostras de calmaria também na residência de seu Fortunato.

O fazendeiro demora-se no andar superior. Pedro aguarda em pé, à risca da soleira. Na parede da sala, o crucifixo demanda réplica nos gestos do braço. E améns. Depois de longa espera, ouvem-se os passos das botinas firmados no casarão. Antes de vir à sala, o patrão se dirige à copa para tomar seu café da manhã. Pedro escuta a voz dele de longe, a risada pastosa após o gracejo de malícia com uma das criadas. Satisfeito, afinal, o senhor vem ao encontro do caseiro. Aproxima-se do aparador na sala e pergunta, de costas, se está tudo em ordem; mãos pousadas sobre a madeira de lei. Pedro responde que sim, chapéu à frente do peito. Seu Fortunato abre a pequena urna de onde recolhe a porção de grãos escuros. Dá as instruções do dia ao empregado, no cachimbo soca o fumo. Liga o rádio, bafora fumaça e reprovações frente às notícias de ataques dos subversivos. Pedro aprende as palavras de rechaço, aprende o receio oculto da ameaça, enquanto seu senhor se recosta na poltrona de couro. Joana surge à porta que divisa a cozinha, estanca o passo por um instante. Baixa o rosto, desvia dos homens o corpo e o olhar, para rumar aos fundos do casarão. Contorna o assento de seu Fortunato, a meio do trajeto. Sempre que a via, ele costumava lhe passar o braço pelas costas e dizer: "Essa é como uma filha para mim." As filhas dele, verdadeiras, casaram-se bem moças e foram morar cada uma em um canto distante. Por algum motivo, o hábito de se referir a Joana dessa forma se perdeu, especialmente depois da convocação dela ao serviço interno na residência. Foi incumbida de ajudar nos cuidados com dona Teodora, esposa de seu Fortunato, cuja doença se agravara e a deixara entrevada na cama. Dessa vez, ao ver Joana passar, o velho parece segui-la com a mirada por demasiado tempo, mais do que o determinado pela boa educação; Pedro mede a largura da dúvida. E sobre ele é lançado, na volta, aquele olhar, como se o capturasse em uma laçada invisível. "Você parece cansado. Alguma coisa tem tirado seu sono, homem?", o dono dos cavalos pergunta. "Não, senhor", o serviçal responde, antes de pedir licença e se retirar para o trabalho.

Na lavoura, ele olha para a terra, é esse o seu lugar. Deve obedecer à ordem das coisas: aos mandos de Deus e do patrão. Mas e se eles se esbarram? Não tinha visto nada com os próprios olhos, porém, na imaginação *aquilo* acontece. Depois desacontece, por força de convicção. E reacontece. O sim e o não, engalfinhados em lutas intermináveis no pensamento, duas feras equivalentes em fúria. Não aguenta mais tanta desconfiança na penumbra da mente; pesadelos que nunca encontram a saída para o despertar, junto ao resto do corpo. Queria saber disparar perguntas como as de seu senhor, ter mira tão precisa para o abate das respostas: "Alguma coisa tem tirado seu sono?" Pronto, eliminada qualquer manifestação além da pura negativa. "Não, senhor." Se tivesse sobre si mesmo esse poder de calar, talvez conseguisse ter paz.

Faltam-lhe forças para penetrar a terra; ela, que sempre o recebeu com a gentileza da submissão. Pedro chegou ao limite de suportar aquilo que ignora se acontece. Tantas noites de insônia e pesadelos o quebrantaram. A enxada impotente tomba ao solo, chão sem mais domínio. Onde seus passos vão se firmar? O mundo em desbarranco. Precisa tirar a prova do que de fato se passa. Precisa saber. Hoje há de ver também com os olhos, há de ver com os olhos que Deus lhe deu.

Pedro nasceu nessa fazenda, único filho dos caseiros anteriores. A mãe morreu de parto. Ele aceitou desde sempre o destino que lhe cabia, transmitido pelo pai feito ingrediente do sangue: o labor na terra áspera, o sol incrustado na pele, o peso das cargas, as necessidades dos bichos e a servidão à família de seu Fortunato. Lidar com isso seria sua função, a função que ele seria. O mesmo passou a valer para Joana quando se casaram, havia quase um ano. Se moravam na propriedade, eram parte da propriedade.

Antes da chegada da mulher, foram muitos anos de paz, com os bichos e as pessoas dentro dos devidos limites. No casebre, apenas os dois homens, até a partida do pai. Desde sempre, todas as cercas a guardarem a ordem. Nem os cavalos nem os sonhos eram motivos de perturbação; à noite, o silêncio se estabelecia, conforme se apagavam as luzes. Os animais seguiam as medidas das horas e dos costumes. Do casebre ao casarão, a distância se constituía por medida mais larga do que a metragem que os separa. Mesmo com a chegada de Joana, não houve grandes abalos de início; o desassossego só começou quando ela, passado algum tempo, recebeu a incumbência de ir ao casarão, auxiliar nos cuidados com dona Teodora. Ficava lá até depois de escurecer. Tirada da lavoura e dos afazeres domésticos no casebre, onde se guardava sob os olhos zelosos do marido. Começava a se tornar outro o mundo, a fazenda.

No começo da nova rotina, ela reclamou ao marido quanto aos modos do patrão. Os gracejos; as mãos a se colocarem no corpo dela, excessivas. Pedro, dominado por outras mãos do chefe – imateriais e, por isso mesmo, mais poderosas –, passou como instrução tolerar as desmesuras do velho, à mesma maneira que se aceita todo o resto: o labor na terra áspera, o sol incrustado na pele, o peso das cargas, as necessidades dos bichos. Desígnios que Deus dá. Seguiram-se poucos dias, então, com Joana calada. Até que ela retomou as queixas, ainda mais graves. Acusava gestos cujos nomes se esquivava de pronunciar. O marido não ousou fazer pergunta, já havia sido testemunha dos atos de malícia de seu Fortunato com as criadas. Era desagradável, mas Pedro, em seu entendimento, conseguiu amenizar os toques que não eram nele. Passada uma semana, a mulher insistiu, disse que o patrão não prestava. "Pois você pare de ofender seu Fortunato. Não quero saber desse desrespeito aqui", o serviçal impôs ordem. Joana bufou, saiu de perto. Na manhã seguinte, retomou o assunto, exigiu que o marido fosse retrucar com ele. "Quem é que aceita uma coisa dessas, homem? Você precisa é defender nossa honra. Me defender." E que abuso era aquele? O que ela esperava? "Nossa honra é fazer jus a nosso lugar aqui." Joana virou o rosto para a janela, para fora do casebre; suspirou com aspereza. "Você está me deixando é abandonada, para o que der e vier." Pedro se ergueu da cadeira onde estava, engoliu em seco. Demorou-se antes de falar: "Ninguém vai abandonar ninguém. Nem eu, como seu marido, que sou; nem você, como criada, que é. E chega dessa história. Não quero mais nenhuma palavra sobre isso. A gente deve muita coisa ao seu Fortunato, a primeira delas é obediência e respeito." Joana balançou a cabeça em negativas; depois disso, foram somente nãos ao marido.

Ao fim daquele dia mesmo, ela voltou bem mais tarde do serviço. Pela primeira vez, os cavalos urraram à noite. Pedro acordou com o barulho; só então percebeu que havia caído no sono, à espera da esposa, mas adestrado pelas horas. No sobressalto, buscou a espingarda pendurada atrás da porta, saltou para dentro das botinas e correu ao estábulo. Os gritos dos cavalos irrompiam do escuro, flamejavam. Ele pensou nos animais do patrão, mas também na mulher, na ausência dela. Onde estaria? Uma luz se moveu furtiva no abrigo dos bichos, ricocheteou vãos afora. O caseiro seguiu em passos mais cautelosos. Talvez fossem ladrões, quantos deles? Ou os subversivos de quem a rádio tanto falava; nunca tinha visto nenhum. Comunistas prontos a tirarem dos outros tudo que lhes pertencia, até os cavalos de seu dono. Tremeu atemorizado, o sinal da cruz na mão desprendida da espingarda. Ao se aproximar, viu as portas de madeira abertas. A luz em movimento se escondeu atrás de uma das paredes. Pedro engatilhou a arma, apontou e se jogou ao bote. Deparou-se com seu Fortunato do outro lado da murada. E Joana.

O patrão cuidou de esclarecer: "Está tudo bem, Pedro. Volte para casa. Joana já vai." A mulher tinha o corpo retraído, braços cruzados a se esfregarem para se proteger do frio. Mas

Pedro via que não estava no ar o frio; ao menos, ele estava bastante acalorado. A cabeça dela permanecia baixa, rosto desviado dos homens. O caseiro lembrou-se da discussão pela manhã, quando exigiu obediência e respeito ao fazendeiro. Repetiu a si próprio a mesma instrução e se pôs a cumpri-la. "Sim, senhor", voltou ao casebre.

Depois de repor a espingarda no lugar, andou aos círculos dentro da sala. Por que estavam os dois ali, no estábulo? Uma sombra de suspeição passou ligeira, pássaro de voo torto. E os cavalos naquela revolta, aquele estardalhaço; nunca havia visto nada parecido. Será que a mulher tomou a iniciativa de retrucar com seu Fortunato, como esperava do marido? Deus que perdoe, misericórdia. Odiou Joana, num rompante. Por entre a escuridão completa do mal, distinguia a sombra com os contornos da mulher. Quando ela chegou, disse logo: "Seu Fortunato mandou falar que é para você esperar até amanhã. Ele é que vai explicar tudo." Pedro não sabia como lidar com a esposa nesse momento, quis fazer perguntas, quis gritar, mas acolheu a espera até o dia seguinte. Os dois se calaram, porque, no fundo, o mandamento do patrão era esse; cada um no silêncio que lhe cabia. Deitaram-se e era como se o espírito de seu Fortunato, por alguma fresta, tivesse entrado também no quarto. Alma penada de corpo ainda vivo. Desde essa primeira noite na qual os cavalos relincharam no estábulo, também passaram a urrar nos pesadelos do caseiro. A princípio, as imagens eram fragmentadas, ele ainda não chegava a ver a formação do círculo infernal, nem os cavalos sobre Joana ao fim. Apenas sentia a atmosfera maléfica cercá-lo, indefinida.

A mulher não se levantou da cama quando o dia nasceu. Tinha olheiras fundas como hematomas, nascidos sem qualquer surra. O marido concluiu que estava doente, acometida daquele frio estranho da véspera, e a deixou. Cuidou da alimentação dos bichos, soltou os cavalos e, já que estava ali, vasculhou o estábulo, sem encontrar nada de diferente à luz do sol. Seguiu para a casa de seu Fortunato. Foi recebido depois do café da manhã, a explicação preparada: "Pedro, os cavalos estão começando um tratamento novo. É para ficarem mais vigorosos" – a palavra dita com gravidade, vigorosa em si. "Joana vai me ajudar a aplicar o remédio. Ela tem prática, por preparar os unguentos de minha esposa. Depois de arrumar Teodora para dormir, ela vai comigo no estábulo. É de noite que tem que ser, as aplicações." O caseiro balançava a cabeça, em aceitação. "E, olhe, é importante que ninguém se meta por lá nessa hora. O doutor que me indicou o tratamento, ele disse que os cavalos iam ficar agitados. Você mesmo escutou, não foi? Pois então. Mexe com o coração deles, com o sangue. Por isso, tem que ter o mínimo de movimento perto, o mínimo de gente. Se aparece mais alguém ali, no susto, é capaz de o bicho ter uma síncope. Pedro, se um cavalo meu morre por sua causa, eu nem sei o que faço com você." O caseiro se balançou em negativas, jamais colocaria o patrimônio do patrão em risco. Acatado estava, mais do que a ordem implícita, o medo das consequências se não a cumprisse. Os dois homens ficaram em silêncio por um instante, até que o assunto desaparecesse por completo no ar, esfumado pelas baforadas de seu Fortunato no cachimbo. "E Joana?", o fazendeiro perguntou, em tom de cobrança. "Não estava se sentindo bem. Ficou de cama. O senhor sabe, tem esposa adoentada também", o subordinado arriscou. "Pois se é justo por ter esposa adoentada que eu preciso dela! Mande vir, e é já!"

Pedro garantiu que Joana fosse. E ela continuou a ir, todos os dias e noites seguintes. Os cavalos a urrarem. O caseiro ouvia, aterrorizado e sem ação, os sons dos corpos a se debaterem, monjolo carnal em repetições febris. Imaginava os cavalos no escuro a trombarem entre si, uma forma desconhecida de angústia. Nunca viu tratamento se dar desse jeito; seus efeitos, no entanto, pareciam dar provas de sucesso: os bichos cada vez mais vigorosos. Dentro dos pesadelos, as patas, os dorsos negros e os dentes aumentavam ainda mais sua potência.

Pouco a pouco, outra regularidade se pôs sobre a fazenda, o mundo. Ordem na qual as noites no estábulo eram interditas a Pedro, mas não à esposa; enquanto a esposa era interdita a ele. E nenhuma reclamação dela, nenhuma palavra a mais, conforme ele mesmo havia ordenado. O que o patrão podia fazer de macheza perdia definição, limites. Pedro tentava calar o pensamento, mas só tinha a voz do próprio pensamento como recurso para isso. As moendas do destino, antes reguladas com cada engrenagem em seu lugar, com o novo funcionamento iriam pifar. Dava para pressentir, com a mesma clareza que as cigarras cantam quando sabem que o sol virá. Joana, às noites, quase muda de tão calada. E intocável, nunca disponível ao marido; terra seca. Até que ponto ela levaria a represália? Pedro se indignava. O fazendeiro dava os comandos de sempre; nenhum cuidado especial com os cavalos, além de não se aproximar deles naqueles momentos, quando relinchavam. O tratamento deixou de ser mencionado, porém Joana continuava a voltar tarde. Pedro a questionou, certa manhã, após tantos pesadelos: "Essa coisa com os cavalos... Até quando vai?" A mulher limpou as mãos no avental, cravou as unhas no avental. "Pergunte a seu Fortunato. E me fale a resposta, que eu também queria saber." O caseiro sabia que não era de sua alçada levar questionamentos ao chefe. Então, só rezava em pedidos de iluminação ou socorro, sozinho no casebre. Os Céus, porém, tão silenciosos quanto as paredes que ele encarava à noite. Se ao menos o Senhor se pronunciasse; nem que fosse para, mais uma vez, expulsar seus filhos do paraíso onde moravam, depois do surgimento da mulher e dos desvios causados por ela. Ao pensar em Deus, Pedro considerava que seu Fortunato não poderia estar envolto naquele erro que assombrava suas ideias; só podia ser defeito da própria imaginação, considerar tamanha baixeza da parte do superior.

Quando o fazendeiro anunciou que sairia em viagem por duas semanas, para visitar uma das filhas e fazer negócios, houve um estranho alívio para o casal. Não conversaram sobre o assunto, de forma que ficaram sem saber um do outro qual era exatamente o reconforto. Joana continuou a cumprir as obrigações dela, tanto as diárias com a dona Teodora quanto as noturnas com as idas ao estábulo. Sem a presença do patrão, Pedro teve coragem de sair à porta do casebre e observar o rumo da esposa. A repetição solitária dela fez o temor dele se aquietar, finalmente o silêncio retomado dentro de sua cabeça. Ele se deu conta, nesse momento, de que, há tempos, nem sabia mais se seu Fortunato continuava a acompanhar o tratamento. Respirou o ar sereno da noite. Então, os cavalos, contra toda pacificação, urraram em furor quando Joana entrou no espaço deles. Faltou pouco para Pedro decidir-se ir até lá; o mando do patrão o reteve, mesmo na sua ausência.

Voltou para dentro do casebre, esperou pela mulher. O carrapato da suspeita voltou a sugar-lhe o sangue; tentava se convencer de que eram só os cavalos que o perturbavam, mas a cólera deles se transmitia ao próprio corpo, por uma espécie vampiresca de empatia. Não podia ser que um tratamento os deixasse, todos, tão inquietos. Tinha alguma coisa além. Mas como podia vislumbrar aquela baixeza do patrão com a esposa? Ainda por cima, quando o patrão nem estava ali e os cavalos continuavam daquele jeito? Era o mesmo jeito, ou os gritos estavam um pouco mais fracos dessa vez, só com a mulher? Já não sabia mais o que presenciava. A mera lembrança do horror parecia ser o que o horrorizava; essa a forma de os pesadelos circularem por trás dos olhos quando estão abertos: as lembranças. Por dentro dessa noite, sem seu Fortunato, infiltrava-se aquela outra, na qual havia encontrado os dois no estábulo. E todas as outras noites, quando foi proibido de ver. Um único momento de oposição não basta para neutralizar a soma das confirmações a si próprio. No vislumbre dos lugares onde ele não podia estar, Joana se apresentava de muitas formas. Guardava algo de diabólico debaixo da pele, que então se manifestava. Enquanto a mulher não voltava para casa, os pensamentos do marido se ramificavam em folhagens, e eram também a praga a infestar essas folhagens. Joana se revelou à porta, finalmente; perguntou o que ele tinha, por que estava daquele jeito. "Nada, não", foi a resposta, antes de irem para a cama. A cama onde a mulher o recusou outra vez. A rejeição era a mesma: triste, ressentida. Não era mesmo o patrão, o motivo, ele não estava ali; isso deveria aliviá-lo de alguma forma, mas Pedro só se desesperava mais. Um último cavalo relinchou, solitário.

Noite após noite, mesmo com Joana sozinha no estábulo, o inconformismo do marido só ganhou tônus. Ela ia aonde o patrão havia mandado, ele impedido de estar lá pelo mesmo mando. Quando seu Fortunato voltou de viagem, Pedro teve outro alívio, como se o esperasse para tapar um buraco. Mas a presença do chefe tinha peso e fazia as bordas desse buraco ruírem, aumentava-o. Pedro, noite a noite, convencia-se pela invocação dos cavalos por ele: precisava espiar o estábulo, com os dois lá. Estariam os dois lá, ou Joana seguia sozinha? Olharia de longe, não afetaria o pandemônio. Conciliaria a possibilidade de sanar a dúvida e a preservação dos animais. Não podia colocá-los em risco, não podia feri-los de forma alguma.

À noite, avançou pelo mato, parou logo que o farfalhar dos passos se ergueu do chão. Seria percebido com tal ruído. Viu o abrigo dos animais completamente fechado; apenas escapavam pelas frestas os berros cavalares, o som das carnes em choques e os reflexos da lamparina, coração de luz a palpitar no interior. Percebeu que não se lembrava dessa movimentação do brilho antes, quando Joana foi sozinha ali. Tampouco recordava o contrário: se a luz ficava parada. Sempre essas incertezas, não podia suportar mais. Pouco enxergava naquele breu e, quanto menos via, mais lhe vinham imagens. Voltou às pressas para a cama, em precipitação da insônia. Desperto até Joana chegar, ouviu a porta gemer, os passos dela enquanto trazia a lamparina maléfica. Tentou tocá-la, a mulher se crispou. Essa seria a última noite que admitiu tal desordem; tiraria a limpo a verdade. Um homem não pode tolerar tanto. O vestido dela despencou, a chama da lamparina foi apagada. A escuridão e o pesadelo com os cavalos. A manhã seguinte tardou a romper, chegou fria como a maldição de bruxas. Joana no estábulo, Joana com os cavalos no encalço dela, Joana destinada ao casarão. Dia após dia. Não podia mais aguentar.

Hoje há de ver também com os olhos, há de ver com os olhos que Deus lhe deu. A enxada impotente tombada ao solo, que Pedro não ergue. Se algum cavalo for mesmo morrer do coração, que seja; antes o bicho do que eu, que já estou perto disso, ele pensa. Um sacrilégio tal ideia, mas Deus e seu Fortunato o perdoariam, se fosse preciso; confia na misericórdia de ambos. O mundo só não pode continuar assim, tudo fora do lugar: uma esposa que recusa os toques do marido; um homem sem possibilidade de questionar sua mulher; os bichos a armarem escândalos; o dono da propriedade a trazer dúvidas à cabeça de seu serviçal, em vez de certezas.

Quando a escuridão da noite domina a fazenda e o primeiro relincho dá início ao alvoroço, Pedro sai do casebre. Está vestido, pronto à emboscada. Contém os passos para chegar sem ser notado. Esgueira-se pelo mato, as folhas pisadas a sussurrarem alertas contra o avanço. Ele sussurra: "Shiu", para que as plantas se calem. Chega ao estábulo, entra pela abertura dos fundos e, em meio à agitação ruidosa dos bichos – cada um preso na própria baia, como haveria de ser –, vai até o ponto de onde emana a luz. Depara-se com a imagem que nos sonhos se transfigurava, mas agora se mostra, despida dos artifícios da negação: seu Fortunato, de calças arriadas e arfando como se a morrer, montado no corpo submetido de Joana. Todos os pesadelos refluem, do estômago para a boca. Sua esposa bem ali; sua esposa domada, fêmea, quadrúpede. Os cavalos gritam relinchos, sombras agigantadas dos solavancos do velho. Pedro, no centro do círculo infernal, vê o horror e quer esquecê-lo, cegar para sempre, mas não pode mais. *Aquilo* já não pode desacontecer. A visão à sua frente é real, portanto, o pesadelo definitivo. Marcado a ferrete em seus olhos e através deles.

Tem vontade de urrar com mais força do que todos os bichos juntos, rasgar a voz até cuspir sangue garganta afora, vomitar o horror. Mas se cala. Deseja estraçalhar com patas de ferro o corpo de seu Fortunato, o corpo de Joana, o próprio corpo. Detém-se, as mãos esfregam-se nos braços cruzados e só. Todos os bichos presos em suas baias. O que fazer agora? Deus naquele silêncio de parede infinita. É essa passividade divina o exemplo a ser seguido? Mas como suportar o coração sangrento de homem, que continua a bater tanto no peito? Tanto, tanto.

Ele atravessa de volta o mato, entra no casebre. Vê a espingarda pendurada atrás da porta. Que ordem poderia restabelecer na fazenda, no mundo? Toma a arma nas mãos, o desespero emudecido a faz tremer. Previsões de pólvora e dilaceração atravessam sua mente. Joana, seu Fortunato, a fazenda inteira: o cano da espingarda alterna os alvos, instante a instante. Afinal, ele se vê à iminência de voltá-la contra si mesmo, de se despedaçar. Nem parece necessário um tiro para isso. Seu corpo, porém, continua sólido e inescapável. Agarra a arma com força, é dominado pela ideia do disparo, como se sussurrada pelas folhas ao vento lá fora. Impregnado da escuridão do mal, encosta o cano da espingarda ao queixo, sente na pele a ranhura do buraco metálico, caminho da bala. O dedo roça o gancho do gatilho, um anzol para fisgar o homem. Respira fundo. Basta o minúsculo gesto de um dedo.

E não pode.

Afasta de si a arma. Pior do que assumir a vergonha marital, pior do que tudo, seria marcar essa terra com seu sangue. Deixar acusação ou mácula a seu Fortunato, que nunca poderá limpá-las. Cometeria tamanho pecado? Pendura a espingarda de volta, no lugar ao qual pertence. Deus tenha misericórdia. Arranca o lençol da cama, recolhe seus poucos pertences e monta a trouxa a levar consigo. Sai, com o peso acomodado da bagagem de pano no lombo, a luz curta de outra lamparina. A estrada de terra estende-se a perder de vista, cercada de arames farpados, para evitar que os animais escapem. Ele não se detém. Pensa que poderia ter soltado todos os cavalos antes de partir; podia tê-los cegado, arrancado os olhos deles para que não vissem mais aquilo. Continua a caminhar, os sons dos cavalos no escuro já perdem força. Talvez o silêncio, agora, seja por Pedro encontrar-se afastado do lugar que era sua casa; talvez seja porque Joana, nesse mesmo instante, está prestes a voltar para lá.

FUNDO FALSO

Ele estende o braço à frente, uma rendição delicada. Apresenta o envelope a tremer na ponta dos dedos. O nome dela grafado na superfície: *Helena*. "É para você", fala mais baixo do que gostaria; a voz desafina entre uma sílaba e outra. Deveria ser mais belo o som que chegasse aos ouvidos dela, não essa feiura que ele sente sair de si. De repente, as palavras de amor na carta passam em releitura na lembrança dele, agora sublinhadas de receio. Na confusão, esquece o que havia planejado dizer em seguida à entrega. É complicado, nunca tentou pedir alguém em namoro. Helena, assim que abrir essa carta e lê-la, se tornará a primeira pessoa a quem se declara. E se ela reagir mal? Se fizer uma cena que chame a atenção de todo mundo ali, na saída da escola? No coração virgem de experiências, uma sobrecarga põe o corpo quase em pane. Ele engasga com a própria saliva, tosse ridículo. Então, deixa tombar o braço. Recomeça o ensaio, imagina mais uma vez

Helena à sua frente. Os dois na saída da escola, onde a vê todos os dias, em vez desta solidão aqui, no seu quarto com a porta fechada. Estende o braço com o envelope: "É para você", repete o sussurro. Vai tomar coragem de falar com ela um dia, só não chegou ainda o momento certo.

O pai, da cozinha, chama para o almoço. Sem se mover, ele responde alto: "Já vou"; a expressão de adiamento, depois de pronunciada, continua a reverberar dentro dos ouvidos, como se a nuvem de procrastinação, na qual sempre se vê envolto, magnetizasse cada delonga e se avolumasse mais e mais. Precisa deixar de viver assim, sabe que está na hora de tomar as rédeas da própria vida. Não é mais criança.

Vai até o armário próximo à cama e abre uma das gavetas. A coleção de revistas de histórias em quadrinhos não deixa espaço à vista, mas ele retira todas as pilhas, coloca-as de lado e dá um tranco no forro de madeira. Ao ser desencaixada a peça, revela-se o fundo falso. Desvão onde repousam incontáveis envelopes similares ao que traz consigo. O nome de Helena a se repetir no escuro, em silêncio, feito mil preces secretas.

Adiciona a nova carta ao conjunto, com o movimento cuidadoso de quem deita a própria amada ao aconchego. Recoloca o forro que oculta as confissões, devolve também as revistas a seus postos. Jura para si mesmo ter sido essa a última vez que escreve uma declaração sem entregá-la. A próxima carta será a definitiva, oferecida de verdade a Helena. Depois de ter suas intenções resguardadas, ele sempre se enche de coragem; a valentia é a última peça reposicionada sobre o fundo falso.

Não fossem as férias de julho, teria visto Helena essa manhã. Ela: sua motivação para se levantar todos os dias e ir à escola. Agora, ele conta as semanas para a retomada das aulas; tem riscado o calendário preso à parede do quarto com ansiedade. Traços em diagonal, azuis, perpassam os vãos numerados dos dias. É uma de suas formas de grafar o amor.

Apesar de nunca terem conversado, tudo o que ele aprendeu dela à distância – ao observar cada gesto e estipular seus significados – lhe basta como confirmação íntima de que ela o completa. Helena, Helena. Desde o primeiro ano do colégio, cada vestígio da personalidade dela colhido, a fim de traçar um mapa da amada. Semelhante aos cartógrafos da Antiguidade – que desenhavam monstros e divindades nos oceanos não explorados –, preenche com mitologias as regiões para além do conhecimento dele. O que ela faria fora da escola? Na companhia de quem andaria? Nunca a viu em outros contextos. Tanto espaço disponível para fantasias habitarem.

Chega à cozinha, afinal; o pai à mesa. Fez macarrão e batata frita, do jeito que ambos gostam. É a refeição básica, desde que ficaram só os dois. Na televisão, o jornal é trocado por uma competição de luta, em outra emissora. Ele mal escuta os comentários do narrador e do pai, absorto em cenas imaginadas ao lado de Helena. Uma das batatinhas levada à sua boca como à de uma criança. O sorriso dela em retribuição, pelo carinho simbolizado. Até as refeições levam mais tempo do que o normal, ao conciliarem idílios. Quando termina, ele volta para o quarto. Fecha a porta, deita-se na cama e prepara-se para cochilar.

Acorda só no fim da tarde. Julho continua vazio, a ausência de Helena também nos sonhos, em que a esperava. Ao menos, dormir serviu para o tempo avançar menos sensível. Tomar banho, jogar videogame, jantar, um pouco mais de videogame e pronto: logo chega a hora do sono de novo, a transpô-lo para o dia seguinte. Um quadrado em branco a menos no calendário, na distância até a volta às aulas.

Esses dias longe de você, nas férias, duram uma eternidade. Eu nem sei mais quanto tempo faz que eu não te vejo, parecem milhões de anos, em vez de só um mês. Se eu tivesse um único instante da tua presença, eu sei que seria como receber uma luz que faria desaparecer toda a escuridão da minha solidão. Mal começa a manhã, ele se põe à escrivaninha do quarto, caneta nanquim à mão, para a escrita de uma nova carta. Difícil, depois de tantas, ainda encontrar palavras novas a serem oferecidas à leitora por vir. Expressões que funcionem como fios de um material condutor perfeito, a fim de transmitir a emoção de quem escreve à comoção de quem lê. Descontente com as primeiras frases, amassa o papel. Nem todo dia consegue terminar uma carta merecedora de realização. Pega outra folha, a última do pacote; abre a gaveta da escrivaninha e vê que não há outro. Talvez o universo esteja a sinalizar: deve ser essa a carta definitiva. O breve esoterismo dissipa-se, não só pelo temor da tarefa que impõe, mas também por força do hábito: sempre jura que será a última carta; em certas ocasiões, coincidem essa promessa e o término das folhas.

Frustrado de novo, não resta escolha além de descartar o único pedaço de papel que lhe resta. Decide sair para comprar mais. Tira o pijama, olha-se no espelho do guarda-roupas: o corpo franzino, físico decepcionante para alguém de sua idade. Pega a mochila e a carteira, ambas estampadas com personagens de mangás, anuncia ao pai que vai dar uma volta de bicicleta. Pedala rumo à papelaria. É atendido por uma moça simpática, mas dispensa a atenção; sabe o que quer e onde encontrar. Além do mais, prefere evitar pessoas no seu encalço, possivelmente curiosas em saber por que sempre compra envelopes e folhas de papel no mesmo tom marfim. Com quem mantém esse hábito, tão antiquado, de correspondência. Ele pega os itens com ligeireza, acanhado como se adquirisse preservativos na farmácia. Segue para o caixa. A demora da atendente em contar as moedas o enerva. Ele mantém o zíper da mochila aberto, pronto a esconder a matéria-prima de suas cartas. Recebe a sacola afinal, sai da papelaria. Poucas pedaladas urgentes e logo restabelece a calma. O disfarce da calma.

Desce pela rua que vai até o parque em frente à escola. Pressiona o freio da bicicleta repetidas vezes, bombeia pausas às rodas. Antes de atravessar cada cruzamento, observa com atenção os dois lados, menos para evitar atropelamentos do que para se dar a esperança de deparar-se com Helena, como se as ruas da cidade fossem ramificações dos corredores do colégio. Cruza o parque pelo caminho mais longo, sobe até a parte alta, de onde enxerga o todo, e, por fim, contorna-o por completo. Nenhum sinal dela. Ruma para a escola, o prédio tão vazio quanto julho. Ainda circula pelas redondezas, fomenta o acaso o quanto pode.

A hora do almoço se aproxima e ele volta para casa. Fecha-se no quarto, guarda as folhas e envelopes, atende ao chamado do pai. Batata frita e macarrão no prato. À tarde, cochilo, depois banho e videogame. O pai joga junto com ele; muitas vezes é assim. Mais um dia riscado no calendário.

Você nem imagina, só que eu às vezes saio de bicicleta por aí, só para ver se te encontro na rua. Eu acho que meu coração explodiria de felicidade no meu peito se isso acontecesse. Tem várias horas que eu vejo, assim muito rápido, no rosto de outras pessoas o seu rosto. Eu sinto até um calafrio nessas horas. Mas, depois, infelizmente percebo que não era você. O amor é um desespero repetido. Ele gosta do que consegue com essa carta; em especial, na última frase, tão poética. Ensaia a entrega, braço estendido a portar o envelope. "É para você." Tomado pelo desconcerto recorrente, abandona a posição. Jura ser a última vez. Guarda a carta no fundo falso.

Quando faltam poucas lacunas de julho a serem cindidas no calendário, ele sai em uma de suas diligências de bicicleta. Depois de circular o parque em frente à escola, decide ir tomar um suco na lanchonete próxima ao shopping center. Permanece na parte de fora, sentinela a vigiar quaisquer movimentações do destino. Fantasia Helena a sair pela porta automática do shopping, aquelas folhas espelhadas que se abrem muitas vezes para outras pessoas. E eis que, inacreditável, a realidade risca traços firmes sobre os esboços da imaginação dele: Helena se revela em uma das aberturas, por entre os reflexos das nuvens. O rosto dela não é só um relance equivocado, está ali de verdade; permanece, como permanece o calafrio por trás dos olhos que a miram. Ele tem a sensação de se desfazer em granulações, derramar-se na direção da amada como se fossem os dois, nesse instante, as âmbulas de uma mesma ampulheta.

Ela desce a rua a pé. Deve morar perto, então. Imitando os truques de detetives vistos na TV – manter distância, esconder-se atrás de paredes, andar na ponta dos pés –, ele a segue. Percebe ser uma caixa de bombons o que ela carrega na sacola: arestas retangulares e sombras das cores da marca trespassam o plástico fino. Helena para de repente; ele se esgueira por trás do muro da entrada de uma loja. Ela abre o portão de uma casa, cuja localização precisa ser observada com certeza. Um senhor, bastante idoso, aborda-o e pergunta se pode ajudá-lo com algo; tudo em volta é anacrônico, só agora vê: móveis de outros tempos, enfeites cobertos de poeira, um gramofone que parece se esticar para ouvi-los. Helena fecha o portão atrás dela; quase a perdeu, mas conseguiu ver onde entrou. Murmura negativas ao senhor e vai embora da loja, cujas paredes mostram pintados dois papiros com anúncios de antiguidades.

Na subida de volta à lanchonete, para recuperar a bicicleta, seus passos são de outra ordem gravitacional. Monta no selim e desce pela ladeira sem pedalar, conduzido pelas graças da natureza, hoje mais gentil. "Essa é a rua da Helena", repete sozinho, como se fosse o novo nome a ser colocado nas placas. Diante do portão por onde ela entrou há pouco, tão pouco, ele freia em contemplação. Nos detalhes da arquitetura, talvez possa encontrar novos vestígios da personalidade dela, alguns quadrantes a mais para seu mapa imaginário. Olha para a inscrição com o número da residência, à expectativa de encontrar naquela série de algarismos algum sentido oculto, uma correspondência qualquer com os números da própria vida. Talvez sua data de aniversário, alguma seção de seu telefone ou dos documentos pessoais. Nada, nenhuma combinação para ser lida como senha secreta do cosmos. Nunca foi supersticioso, mas com Helena busca elos místicos, na falta de outros.

Eu vi hoje você entrando na sua casa. Agora eu sei onde você m

A mão se detém, o freio da apreensão acionado de repente. Ele relê as palavras, pronuncia inclusive o verbo *mora*, não transmitido ao papel. Bufa contrariado, amassa a folha. O encantamento pela descoberta do endereço dela, na escrita, sofre alguma distorção: adquire tonalidade de um psicopata a persegui-la. Talvez seja melhor guardar para si mesmo a informação, por enquanto. Quando estiverem juntos, e partilharem da intimidade que acabará com os medos e as divisões, ele poderá lhe contar sobre esse episódio. Os dois darão risadas, enternecidos, do amor em segredo e da numerologia sem resultado na fachada. Ele recomeça a escrever; mal dormirá essa tarde, de tanta excitação. Pode inserir algo do ocorrido hoje se for sutil. Decide usar a compra dela como recurso: *Nós dois podíamos dividir uma caixa de bombons, partilhar beijos apaixonados em cada chocolate desembrulhado. Depois, eu e voc*

O que o detém agora não é o perigo de efeitos colaterais na futura leitora, mas os eliciados em si mesmo. A percepção súbita do romantismo intrínseco a caixas de bombons: se dos chocolates emana inspiração amorosa para ele, para ela deve valer o mesmo. Nenhuma pessoa sairia para comprar uma caixa de bombons e comê-la sozinha.

Ela tem alguém.

Enquanto ele fica ali a escrever, e a provar só o sabor imaginário dos chocolates e dos lábios de Helena, alguém deve estar na companhia dela, possuindo de fato tais maravilhas. Um outro, que conquistou o direito de penetrar na casa dela, enquanto ele apenas se esconde por trás de cartas, silêncios, dias. Helena tem um namorado, então? Talvez também por isso tenha sido tão difícil se aproximar dela. Queria tê-la conhecido melhor e antes. Todos os calafrios o atacam em contracorrentes; no mapa antigo de seu amor, tempestades são sopradas por zéfiros montados em nuvens. Ela tem namorado, com certeza. Nunca o viu na escola, mas tanta vida pode haver fora das manhãs de aulas: incontáveis tardes e noites, fins de semana e feriados, meses e meses de férias. Quadrantes do mapa mais do que suficientes, oceânicos, para a monstruosidade de um amante alheio habitar. Ele anda em círculos pelo quarto; não é possível, não é possível. O amor deveria deixar sinais notáveis nas pessoas. Se fosse ele o namorado de Helena, todos saberiam, mesmo quando não estivesse presente. Ela carregaria presentes dele, ou outras marcas de que pertencem um ao outro. O mesmo valeria para si. O amor não deveria passar despercebido.

Ele amassa a carta. Seria inadequado entregar uma declaração a uma pessoa comprometida. Pior: rejeição certa. Ainda bem que esperou antes de pedi-la em namoro, teria sido precipitado, sem saber. E a constrangeria. Que droga, isso. Vai até o armário, arranca as revistas de histórias em quadrinhos, dá um tranco no forro. O fundo falso. Olha para os envelopes acumulados, revolta-se com a fraqueza de tanto silêncio. O nome de Helena repetido para ninguém ouvir, por tanto tempo. Enquanto isso, outro teve coragem de conquistá-la de verdade. Precisa reverter essa situação. Mas como, se houver mesmo um relacionamento estabelecido? Vai aguardar até que chegue ao término? Poderia levar anos. Não aguenta mais tanta espera indefinida. Talvez eles se casem um dia. Calma, está com o pensamento demasiado à frente. Primeiro, tem que se certificar se existe mesmo alguém. Talvez os bombons tenham sido para a família, para uma amiga. E se for mesmo o caso de um namoro? Então, tirará ela da cabeça, acabou. Mas, se não for, irá se declarar de uma vez por todas. Não pode se arriscar a perdê-la; a não ser que já tenha perdido. Agora é tudo ou nada.

Vai de novo à casa dela. Observa a alguma distância, para não ser visto. Se houver um namorado, aparecerá mais cedo ou mais tarde. O tempo passa. Ninguém. Nem mesmo Helena sai de casa ao longo da manhã. Ele sobe na bicicleta, volta para almoçar em casa. Não quer que o pai desconfie de algo estranho. À tarde, fica de tocaia mais uma vez na rua da Helena. No dia seguinte também. E no outro. Os quadrantes do calendário riscados como rodadas consecutivas de uma roleta-russa. As saídas de bicicleta somente rumo à casa da amada. E se, em vez de apenas esperar, tocasse a campainha? Se entregasse uma carta, não no colégio, mas onde ela mora? Não, pareceria ainda mais um psicopata a persegui-la. Pior: poderia acontecer de ela abrir a porta abraçada ao namorado, nunca visto entrando ou saindo da casa porque esteve o tempo todo lá dentro. Meu Deus, que horrível pensar: pode haver outro com ela nesse instante, ocupando seu lar, seu corpo, seu coração.

Nunca o tempo foi tão áspero ao passar. A apenas três dias do fim de julho, sem nenhum sinal de movimentação na casa dela – ao menos, nos momentos em que a vigia –, ele se convence de que abordará Helena logo no primeiro dia de volta às aulas. Chega de esperar. Há grandes chances de que ela não tenha ninguém, diante dos resultados da investigação. E, mesmo que haja um rival a ser superado, ele agora planeja um gesto mais ousado, que poderá até roubá-la do outro. Não entregará só uma declaração, será algo maior.

Você deve estar se perguntando o que é tudo isso. Desde o primeiro dia em que te vi, na escola, eu me apaixonei. Lembro até hoje de ter pensado, na hora: "É a menina mais linda do mundo." Era o seu sorriso o que eu media nas aulas de trigonometria, as suas falas eram a única análise sintática que me importava. A carta definitiva, ainda importante à estratégia. Vai usá-la para contar a história de seus sentimentos, desde o instante em que viu Helena e se apaixonou. Que a escrita e a leitura possam se tornar um ponto de encontro para os dois. Embora seja difícil escrever no estado em que se encontra, trabalha a tarde inteira no texto. A ira pela possibilidade de Helena ter um namorado vaza por sobre as linhas, feito tinta negra de uma caneta nanquim quando estoura. Atira à lixeira várias das tentativas. Precisa dar o melhor de si, entregar-se por inteiro e mostrar-se à altura da aceitação quase impossível da amada. Ao fim, consegue resultado satisfatório. Escreve o nome dela no envelope e guarda-o no fundo falso. Só até segunda-feira, jura a si mesmo. Dessa vez é diferente.

Chegada a última noite de julho, rasga do calendário a folha riscada por inteiro. Na manhã seguinte, desperta bem mais cedo do que o habitual. Antes de o sol nascer, está de banho tomado. Veste-se e arruma tudo que tem de levar para a escola. Sai quando o pai nem acordou, para que não perceba a preparação que carrega consigo. Vai a pé para o colégio.

Mal sai à rua, o temor se intensifica; pensamentos lançados à deriva no mar de tormentas, que pressagiam naufrágios. Sente-se como se estivesse rumo a dobrar o arco do horizonte, onde nenhum mapa há e talvez o mundo acabe. Precisa ter coragem. Decide esperar no parque até que o espírito se acomode à revelação do amor. Vai falar com ela só na hora da saída.

As horas demoram a passar até que chega o momento de seguir para o colégio. De frente ao portão principal, na calçada oposta, ouve o som longínquo do sinal. Garotos e garotas saem do prédio às dezenas. Busca o rosto de Helena no meio da multidão. Ela surge, afinal. Passa ao lado dele, que se esforça para manter a alma de areia no lugar. Fecha os olhos, o envelope derradeiro na mão, e o tanto mais que trouxe consigo. É muito, muito difícil. Consegue, com esforço inédito, chamar o nome dela. Abre os olhos; Helena se volta, o braço dele estende-se à frente, rendição delicada. "É para você", a voz vacila. O envelope afinal passado às mãos da destinatária.

Tenta cuidar de cada movimento seguinte, mas o descontrole escapa pelas brechas gestuais. Tira a mochila dos ombros atrapalhado, abre o zíper. Percebe o olhar curioso de Helena, na busca de enxergar o conteúdo da bolsa. Aquilo que por tanto tempo se reservou ao fundo falso: cartas e cartas amontoadas, o nome dela repetido com obstinação. Ele pede que ela comece a ler a primeira carta entregue. Até aqui, os acontecimentos se encaminham conforme os ensaios.

Você deve estar se perguntando o que é tudo isso, ela lê em voz alta. Conforme as frases avançam, ele retira as outras cartas da mochila e as apoia no capô do carro ao lado dos dois. *Desde o primeiro dia em que te vi, na escola, eu me apaixonei. Lembro até hoje de ter pensado, na hora: "É a menina mais linda do mundo." Era o seu sorriso o que eu media nas aulas de trigonometria, as suas falas eram a única análise sintática que me importava.* Helena acelera a leitura, sua fala em descompasso com a menção à sua fala. *Eu te amo. Todas essas cartas que escrevi são para dizer isso.* Ele começa a esvaziar as sacolas que trouxe, além da mochila, apoiadas no chão. São muitas sacolas, enormes, não param de surgir mais e mais cartas. No rosto de Helena, o temor. "O que é isso?", ela soa quase ultrajada, ao seguir a deixa escrita no início da carta. Ele engasga com a própria saliva, tosse; essa parte dos ensaios não deveria ser repetida aqui. Talvez a ideia dessa abordagem não tenha sido tão boa quanto previa. Queria retroceder no tempo: as folhas do calendário atadas de volta, mês a mês; as cartas guardadas de novo, o amor protegido no segredo. Helena pega outro envelope e mais outro, ao acaso, abre-os aos rasgos, perpassa rápido as palavras. Rápido demais para tanta dedicação e tempo investidos. Os papéis amarelados mal resistem à força das mãos perplexas dela. Por fim ela o confronta, tranco que desmonta o fundo falso: "Quem é o senhor?"

"Eu sou o Ivan. A gente... A gente estudou junto aqui", ele aponta o prédio da escola. "Eu não estudo aqui, sou professora", Helena rebate, agressiva. "Sim, eu sei. Mas antes, quando era estudante." Ela o interrompe: "O senhor, estudante? Mas nunca tive alunos adultos. Achava que fosse o pai de alguém, esperando sempre aqui no portão." Ele nega, com um riso nervoso: "Não! Olha, eu e você, nós fomos colegas aqui, quando a gente estava no colegial. Não se lembra de mim? Ivan? Sei que a gente não conversava, mas... Eu sempre fui apaixonado por você. Nunca tive coragem de me declarar, mas venho aqui para te ver. Venho desde que descobri que tinha voltado, para ser professora. Não é incrível, isso? Outro dia, inclusive, eu te vi na rua e te segui até sua casa." A menção ao episódio faz o terror de Helena irromper de vez. Ela olha as cartas como se atacada por um enxame. As que estão ao alcance, começa a rasgar. Atira os destroços picados em Ivan. "Fique longe de mim! O senhor é louco!", grita. Pessoas ao redor se voltam, assustadas. Helena abre a porta do carro, bate-a contra o homem, para derrubá-lo. Engata o motor e dispara; os pneus vão por cima das cartas caídas.

Desabado também, Ivan chora enquanto se agarra aos pedaços do amor proscrito. O que restou das cartas se espalha pela sarjeta, como incontáveis páginas de um calendário desfeito.

BIS

Saio do palco na hora de fingir que saio do palco.

O público, deixado para trás, ainda aplaude. Mas eu sei: essas palmas, que agora demonstram tanta satisfação, logo vão se converter em demanda por mais. Faz parte do espetáculo. E o que me cabe? O bis, essa manobra cênica e sentimental de me esconder por trás das cortinas, forjar o fim, só para em seguida restituir o que eu mesmo suprimi. A falta, devidamente dosada, incrementa o valor da presença. E assim modelamos a euforia geral, que aconteceria se eu voltasse. Não entendo como um artifício tão desgastado continua a produzir efeito, a ser repetido. Mais do que isso: continua mandatório, para garantir a alegria adestrada de todos. Sinto muito, hoje será diferente.

Passo pela equipe técnica, escondida na coxia. Habituados a meu itinerário até aqui, eles não tiram os olhos do equipamento, indiferentes. Entrego o violão ao rapaz já preparado para recebê-lo, de braço estendido. Na marca onde deveria me deter, minha assistente aguarda, com ruídos nos radiocomunicadores e bajulações. Balanço a mão em negativas, sigo reto. A fala dela se interrompe, um soluço escapa no lugar de palavras. Desço os degraus, abro a porta de acesso ao corredor dos camarins. A luz, insuportável de tão branca, me acerta um ferrão nos olhos.

Avanço pouco, antes de ouvir, atrás de mim, a porta bater de novo. Os passos acelerados em meu encalço. Identifico, pela forma como percute o chão, o andar de Bruno. A voz dele logo me alcança: "Aonde você vai?", mal disfarçado o nervosismo. "Para o camarim. Acabou o show", respondo sem me voltar. Quase não consigo concluir a frase, antes de a mão dele cair pesada sobre meu ombro, rédea a me frear. "E o bis?"

Eu teria muitas justificativas para a recusa, mas nenhuma deveria ser necessária. Minha vontade de ir embora já não é motivo suficiente? Toquei mais de vinte músicas, tudo direitinho, cumpri minha parte. Impossível qualquer reclamação de consumidores lesados, contrato descumprido, algo do tipo. Demoro para abrir a boca e Bruno – que nunca sofre desse mal – apela: "Você não pode ir embora assim, sem o bis." Encaro-o com expressão de desdém; digo que posso, sim. "O público vai clamar por você", ele aponta para o lado do auditório e, no exato instante em que termina a frase, passam a gritar meu nome. Seria intrigante a sincronia, ou mesmo assustadora, não fosse mero resultado do condicionamento coletivo, que rege as iniciativas da plateia e a antecipação do meu empresário. "Viu só?", ele confirma a própria verdade.

"Estou com dor de cabeça, não volto hoje", ofereço a desculpa, se é preciso ou proveitoso ter alguma. Queria ser mais enfático: nem hoje, nem nunca. Acabou minha paciência para essa troca farsesca: de um lado o artista, tão querido, a ponto de deixar neles a vontade por mais do que o programado; do outro, a plateia, tão especial, a ponto de merecer mais do que o programado; tudo isso quando o bis é exatamente a medida programada. E, no fundo, todos sabemos da artificialidade desse escambo de afetos. Dessa ficção que inventamos para nós mesmos e, como tantas outras, à qual passamos a nos submeter. Não é só a saída e a volta para o bis, é todo o resto. Deveria ser considerado um insulto à inteligência reproduzir os mesmos padrões, em especial num ambiente que se acredita tão culto. Mas, nesses ritos dos shows, parece que encontramos a conciliação perfeita entre as duas faces do desejo: a de vivermos algo novo e a de nos mantermos na segurança do conhecido. Alguém se convence mesmo de toda essa encenação? "Olha como eles te chamam! Você precisa voltar, precisa mostrar como é importante esse carinho", Bruno me elucida.

"Não vou, pode esquecer", mostro que é a sério. As palmas e os gritos com meu nome atingem o ápice. Se eu estivesse lá, seria a deixa para surgir de novo no palco. "Eu consigo uma aspirina para você. Vai querer aquele seu suco de maçã com mel, para tomar junto, não é? Já pego, rapidinho. Mas precisa ter o bis, não suma", ele sai em disparada. Que merda. A arte não deveria ser esse bufê, para servir os fregueses à vontade. Eu já faço muitas concessões, como tocar os sucessos antigos, que não aguento mais, em vez das minhas próprias escolhas. Aliás, quando toco músicas novas, crio até um certo constrangimento. Aquele clima de ignorância no ar. Mas deveria ser empolgante, não? Imagino se fosse assim também para outros tipos de artistas: escritores obrigados a preencherem páginas e páginas com as mesmas frases dos livros anteriores; pintores em turnês de cidade em cidade para produzir em cada uma delas o retrato de uma paisagem idêntica, já distanciada de onde estão naquele momento. Seria o inferno de cada um. Talvez, atores de teatro vivam essa necessidade de se repetir a cada espetáculo. Ainda assim, mudam de papéis, de texto, conforme os anos passam. Eu sou obrigado a envelhecer no mesmo personagem.

Bruno volta com a aspirina e meu suco. Tomo, devolvo-lhe o copo. Ele põe o braço livre às minhas costas, ambíguo entre o afago e o empurrão. "Eu sei, nessa parte final da turnê bate o cansaço. Mas pense: para as pessoas que vieram te ver, essa noite é única." Sim, eis o meu ofício: fazer com que se torne único o momento repetido à exaustão. Um Sísifo cuja pedra é o próprio repertório. Quando me dizem que deve ser ótima essa vida, sugiro escolherem o vídeo de algum show completo em casa e, então, assistirem a ele repetidamente por dias e dias seguidos, do início ao fim, sem pausa.

Do lado de lá, os aplausos perdem força; começam assobios e murmúrios, sinais de frustração ou estranhamento por não ser atendido o protocolo da comoção. "Você vai lá, toca uma ou duas músicas, acaba logo. Eu cuido de tudo por aqui, para a gente conseguir sair mais rápido hoje, você ter seu descanso. Nosso hotel é ótimo, você vai adorar. E, olha, eu tenho uma grande notícia para te contar depois. Mas, primeiro, tem que ter o bis." Ele tem quase metade da minha idade e soa como pai de uma criança, na tentativa de me fazer obedecer. "Se eu voltar, toco uma música só. Mais nada." O lado empresarial dele se ressalta com a mostra de concordância, como se estivesse em uma negociação com resultado favorável. "Eu disse: *se* eu voltar. Não dou certeza." Uma nova onda se ergue do público, sobrepuja o esmorecimento de antes com força uniforme: as vozes exigem a canção que, para eles, não pode faltar. "A-mor de-mais! A-mor de-mais!", repetem cada vez mais forte as sílabas cindidas, em simultaneidade com as palmas. A massa tem suas estratégias. "Se é uma música só, já sabemos qual", Bruno aponta outra vez para a porta fechada, que nos separa do auditório. E, pouco depois, abre-a para minha passagem.

Sigo na direção do palco. Os fãs podem ficar tranquilos, o artista não irá surpreendê-los. Irão ouvir pela milésima vez "Amor demais". Sem dúvida, a canção mais estúpida que já compus. Eu queria tanto que a esquecessem, como qualquer besteira que cometemos na juventude, mas, infelizmente, as canções permanecem. O único motivo para escrevê-la foi a oportunidade de ter um trabalho meu como tema de novela. Na época, era a chance de conseguir um *hit*, o que cairia bem para a minha carreira, que iniciava. No começo, nos sujeitamos a esse tipo de coisa. O pessoal da TV pediu algo acessível, de fácil assimilação – eufemismos para: uma bobagem –, e é claro que funcionou. A progressão de acordes simplória, somada à letra mais piegas que eu poderia ter concebido, e assim se deu meu maior sucesso. Naqueles tempos, eu não percebi o quão ridículo me permiti ser, foi uma espécie de ponto cego em relação a mim mesmo. E até hoje me dói arcar com as consequências. Dia após dia.

O duro é que as pessoas adoram "Amor demais". Ou sentem – sem pensarem muito a respeito – que devem adorar. Para muitos aqui, hoje, é a única canção de meu repertório que reconhecem. E reconhecimento é o combustível desse sistema: a confirmação do que já se mostrou bem-sucedido, o conforto assegurado pelo que nada tem de estranho ou incógnito. Tudo isso se replica, internamente, entre eles na plateia: encontram, uns nos outros, o abrigo do pertencimento a um grupo de semelhantes e a comprovação do acerto quanto ao que apreciar. O sistema fechado do bom gosto.

Pego o violão com o rapaz que já tem os braços tombados, cansou de esperar. Aviso à banda que vou fazer o bis sozinho, uma única música. "Vocês podem ir para o hotel, se quiserem", digo com inveja. Sigo em frente. O público está quase resignado ao silêncio, mas, enquanto as luzes permanecerem apagadas, a escuridão servirá para manter a fé em meu retorno. A esperança é finalmente atendida, minha silhueta surge no palco. Uma labareda de aplausos e gritos se espalha. Me aproximo do pedestal em que está o microfone, no centro do palco feito um altar. Qual seria a metáfora mais adequada para mim: o sacerdote ou o sacrifício? Não sei dizer.

Me iluminam com o holofote, a soma de gritos resulta em uma vogal disforme e eu agradeço. "Vocês não acharam que eu iria embora, acharam?", faço charme de nossa tragicomédia. Eles riem e se enternecem; o microfone amplifica não só o volume, mas também a graça de tudo que se fala nele. Em seguida, são repassadas as manifestações anteriores, com as palmas, os chamados por meu nome e os pedidos escalonados de "Amor demais". Agem como se eu houvesse mesmo sumido e voltado só agora. Parecem aqueles bebês, quando fazemos a brincadeira de nos esconder atrás de qualquer coisa, para depois reaparecer e falar: "Achou!" Uma surpresa que nunca perde o efeito, por mais que se repita e se mostre óbvia.

Olho para o violão, decido tocar os acordes de uma composição recente, que ainda nem gravei. Uns cromatismos interessantes, com dissonâncias inesperadas. Só que ninguém parece dar atenção a nada disso. Às vezes me sinto um dinossauro em extinção, por ser dos que se importam com as cadências de acordes. E, de certa forma, convoquei o meteoro para me atingir vez após vez. Porque há esse aspecto ainda: "Amor demais" estabeleceu um modelo, em relação ao qual tudo que componho é comparado e, de alguma forma, desqualificado. Em geral, por faltar o que chamam de mágica, de demarcação de uma época ou coisa do tipo. Porém, eu só posso encadear notas e versos, não lançar um feitiço que faça voltar o tempo ou os sentimentos do passado de cada pessoa. Na verdade, o problema dessas canções é serem diferentes. Da minha parte, fico feliz com isso, mas acho que estou sozinho nessa.

Prossigo com a harmonia nova; no fundo do auditório, vejo pessoas próximas à saída seguirem para fora. Crio logo uma modulação, para cair no lá maior. E inicio a cadência de "Amor demais". Nenhuma reação ainda. Para ser justo com eles – e não julgar que sequer percebem quando já começaram a receber o que queriam –, o arranjo original tem banda completa e uma melodia de flauta, sem os quais sobra só essa sequência genérica: lá maior, ré maior com baixo em lá, mi com sétima. Brincadeira de criança. "Achou!", lembro e rio comigo mesmo. Algumas moças na fila da frente percebem meu sorriso e soltam gritinhos; devem pensar que estou "sentindo" a música. Deus do Céu. Já se perguntaram quantas vezes toquei isso na vida? Me causa tanta emoção quanto um pneu furado a um borracheiro.

"Quando eu te vi", canto o primeiro verso. Só assim entendem que chegou o momento esperado, então vem a catarse compulsória. A atmosfera até se transforma, como se perpassada por uma forma de eletricidade; vejo pessoas que parecem despertar para si mesmas somente agora. Corpos agitados, como se em um ataque epilético, porém deliberado. E tantos celulares se erguem; imagino que me vejam diminuído na tela, quando estou bem aqui. Só para registrarem sua vinda. Até tirar fotos ou filmar vídeos se transformou em uma maneira de, mais do que ver, ser visto; anunciar a própria presença.

Aproveito o ensejo e lanço mão do truque barato: "Quero ouvir só vocês", falo alto no microfone e me afasto. O público adora esse tipo de participação. Eis o clímax da estratégia do reconhecimento: depois de terem me elevado, eu os convoco para se juntarem a mim e, como resultado, estamos todos alçados à mesma esfera superior. Como se eles fossem, agora, semelhantes também do ídolo; uma criação divina às avessas. Qualquer gesto que eu faça nesse momento poderia funcionar ao modo de um comando, replicado por eles como em um culto: erguer meus braços e balançá-los, por exemplo, para eles erguerem e balançarem também, em um misto de similitude e obediência. Não vou chegar a esse ponto, mesmo o ridículo precisa ter limites.

Aparentemente, só eu penso assim. Algumas pessoas cantam tão alto, de forma tão afetada, que deixam dúvida se o exagero se trata de entrega afetiva ou do vetor contrário: volume imposto para dar destaque à fonte da qual a voz se projeta. Quem mais grita mais se envaidece com o próprio grito. Sinto vergonha por eles e, acima de tudo, vergonha por mim, ao ter atirada de volta na minha direção a letra tão infame. Pior do que isso: patológica, com esses disparates que acreditam românticos. Não há nada de bonito em "viver o tempo inteiro só para você", como se berra nesse instante. Uma visão de mundo dessas é a receita para a frustração ou para o abuso. Talvez os dois. Que merda ter escrito isso, ter feito isso da vida. Eu odeio essa música. É mais do que exaustão, eu realmente a odeio. Se posso dizer algo em minha defesa, foi há quase quarenta anos que a compus, era muito imaturo. Não sei o que essas pessoas alegariam para justificar tanta adesão a esses versos, ainda hoje. Pelo que vejo, ninguém ali é muito jovem.

Volto ao microfone, retomo o canto para direcionar o ápice do refrão. Antes da frase final, estenderei a pausa dramática. Primeiro, porque potencializa o efeito e, segundo, porque sei da intromissão que com certeza virá. Se não pode vencê-los, junte-se a eles, certo? O fato é que no meu álbum ao vivo, antes do último verso, o óbvio "Eu te amo", uma moça da plateia grita essas mesmas palavras, como se dirigidas a mim. Nossa, pensando agora, já faz mais de dez anos que saiu esse disco. Inacreditável, tanto tempo passou como se não fosse nada. Enfim, teve graça naquela ocasião, deixamos gravado. Tornou-se, claro, uma espécie de bula para os shows seguintes: não só reproduzem a fala toda vez, como também a entonação exata daquela moça. Vai ser agora.

"Eu te aaamo!"

Acho que nem um playback seria tão preciso. Outras pessoas ainda soltam ecos da frase. Que maluquice é essa, de dizerem que me amam, se nem me conhecem? Nunca troquei nenhuma frase com elas, mal enxergo quem está do outro lado. Pelo menos, chegamos ao encerramento. Reitero o verso final, levanto bem o braço, deixo-o tombar ao acorde conclusivo, em uma *mise-en-scène* que cobra caro pela dramaticidade: o som cuspido dos alto-falantes parece o de um violão que cai da escada. O público se derrama em aplausos, gritos e assobios. Sorrio. Agradeço, me despeço, digo que são uma plateia muito especial e tudo aquilo de sempre. Tiro o violão de cima de mim, entrego ao técnico, vou embora.

Só que ainda é preciso lidar com os bastidores. Queria passar rápido por ali, me refugiar quieto e ir para o hotel. Mas o camarim está cheio de gente. Bruno me apresenta vários daqueles estranhos, que pedem fotos, autógrafos, depoimentos para algum veículo de comunicação. Hoje todo mundo é entrevistador. Nas perguntas, tentam recolocar na minha boca polêmicas já superadas – os bis das notícias –, como a de quando, num programa de TV, me puseram para fazer um dueto com um rapaz deficiente, que tocava guitarra com os pés, e, em uma fala infeliz, comparei as dificuldades dele às que sofri por conta do racismo. Achei que seria o código de conduta esperado, mas, pelo visto, não compreendo bem os discursos atuais. Evito cair no mesmo erro: me esquivo de qualquer discurso arriscado, com frases polidas e genéricas. Digo que a música serve para unir a todos. Quero sair logo daqui.

Só consigo mais de uma hora depois. No carro, a caminho do hotel, Bruno repassa o cronograma do dia seguinte. Outra viagem, outra capital, outro show, o bis do bis do bis. A vida tornada manobra cênica e sentimental. Daqui a uns anos, estarei de novo nesta mesma cidade e, de novo, não saberei nada dela. Acho que posso dizer de centenas de lugares: estive lá, não conheço. Olho pela janela, vejo passarem rápido demais as ruas. Não tem sentido continuar assim. Ser arrastado pelos dias, pelos anos, e nada se dar por escolha minha: vir para cá, ir ao próximo destino, repetir o papel esperado. Talvez seja hora de pôr fim a tudo isso. Encontrar repouso em algum lugar que seja o meu, de fato. E que lugar seria esse? Nem sei mais. Na minha casa, mal me sinto morador; quando estou lá, só tenho a sensação de que é esperado que eu saia em poucos dias. Faça o check-out e desapareça, como de um hotel qualquer. Nesse moto-perpétuo, tudo passa e eu me ausento de tudo. Menos daquilo de que eu gostaria de me retirar. Hoje, nem lembro onde estava no dia do casamento do meu irmão ou no da minha irmã; só lembro que distante demais para conseguir estar presente nas duas ocasiões. Perdi ver minha sobrinha de dama de honra, perdi vê-la de noiva também, quando cresceu. Muito da vida.

Até esse motorista parece mais satisfeito do que eu. Vejo a empolgação contida dele, através do retrovisor central. E ele está no comando do carro, ninguém o conduz sem que saiba por onde. Quando chegamos ao hotel, tenho a mesma impressão quanto ao recepcionista. Ele nos passa as orientações; deve fazer isso incontáveis vezes, todas as noites, porém está empolgado agora. Besteira, no fim é tudo igual: as explicações a hóspedes, os trajetos de carros, os pneus furados, os repertórios de shows. Ao menos, outros têm a paz de não precisarem simular deslumbramento com as próprias tarefas. Basta cumpri-las. E depois voltar para casa. Há uma casa, no sentido mais completo. E ainda há com o que se deslumbrar, em dias fora do comum.

Subimos no elevador, Bruno e eu. Ele me lembra da tal boa notícia, que tinha prometido. Ergo o queixo como sinal para ele prosseguir. "Querem uma música sua na abertura da próxima novela das sete." Nem sabia que ainda faziam pedidos desse tipo. Antes mesmo da minha negativa, ele insiste que se trata de uma ótima oportunidade. Só preciso escrever uma canção com o mesmo título da novela. Algo acessível, de fácil assimilação. Claro. "E qual o título?", pergunto, quase como se participasse de uma piada e incitasse o arremate. Com a entonação afetada de um slogan, ele responde: "As leis da paixão." Eu rio, meio desolado. Que cafonice, uma música com esse título. Tombo a cabeça para o lado contrário, apoio-me na aresta onde os espelhos se encontram. Fecho os olhos. Não demora, a frase ocupa minha mente: "As leis da paixão." E se repete. Com a melodia pronta.

ANJO CAÍDO

Entro e já vou direto ao quarto dele. Aqui, sim, a sensação de ter chegado em casa. Descanso na poltrona ao lado da cama (finalmente) as compras do mercado; com o braço que consigo estender, entrego ao Davi a sacola com os picolés que busquei na sorveteria. Uma graça, o jeito como ele os recebe e desembala logo o preferido. As mãozinhas chegam a se atrapalhar. Me aproximo e o beijo na testa, recosto minha cabeça na dele. É indescritível esse sentimento: um amor que até dói. "Oi, meu anjo. Você ficou bem?", pergunto, depois de quase toda a manhã fora. Ele murmura que sim; do canto dos lábios escorre um fio de sorvete, que recolho com o dedo e levo à minha boca. Sorrio e o Davi me retribui. Para mim, são essas coisas, as mais singelas, que dão sentido a tudo.

Levo as compras para a cozinha, confirmo com a Meire que o almoço dele já foi servido. Coloco meu prato para esquentar no micro-ondas. O que a doutora Alexandra disse me dá voltas à cabeça. Eu havia ouvido dizer que são assim mesmo as sessões de terapia: partilhamos tudo de nossa vida, e a psicóloga, com uma frase ou duas, nos faz refletir por dias. Só imaginava, pelo que via na televisão, que seria algo mais reconfortante, como aquelas dicas de bem-estar que profissionais iguais a ela dão. Achei complicada a orientação final. E tive aquela impressão, enquanto falava, de que cada palavra minha era decodificada, como se gerasse outros significados. Acho que foi esse desvio, aliás, que a levou ao engano quando me ouviu contar sobre nossa família. Tive que corrigi-la naquela insinuação de ser um problema comum do filho único, isso de receber em excesso. Nós não temos só o Davi, temos a Sofia também.

A mamãe pergunta se quero algo da cozinha, respondo que estava mesmo pensando em um sanduíche. Ela o prepara do jeitinho que gosto; traz para mim, com a garrafa de refrigerante. "E seu pai, mandou algum recado?", eu a ouço, enquanto mastigo, e não entendo como pode ter essa esperança – ou qualquer outra – em relação àquele sujeito. Deve estar caído de bêbado lá no sítio; nem se lembra que tem família ou essa casa. "Sabe, meu anjo, eu pensei em uma coisa", ela se precipita ao mudar de assunto. Percebo a pitada de nervosismo na voz. "O que acha de buscarmos ajuda profissional? Estou preocupada com essa sua perna. Pensei em uma nutróloga vir te ver. E também..." Corto a conversa. Acho bom, sim, consultar um profissional, mas não uma nutróloga, que só vai querer me empurrar dietas. E me culpar pelo inchaço na perna. A mamãe se atrapalha, diz que pensou em outros especialistas, inclusive procurar uma psicóloga. "Psicóloga? É na minha cabeça o problema, então? Eu fiquei louco e esse inchaço é só um delírio meu. É meu amigo imaginário." Detesto perder a paciência com ela, mas tem horas que fica difícil. E a explicação seguinte, de que acreditou que pudesse haver uma componente emocional, não melhora a situação.

"Tudo bem, não está mais aqui quem falou", a mamãe percebe o erro. Para amenizar a tensão, propõe assistirmos a um filme juntos. Acho estranho ter que cobrar, depois de selecioná-lo, com a mamãe ainda parada na poltrona: "E a pipoca?" Ela se levanta de súbito, diz que vai fazer, como se tivesse apenas se esquecido. Reparo na demora para voltar e ainda escuto, várias vezes, o som de mensagens recebidas no celular dela. Tem algo suspeito.

Não foi fácil o Davi aceitar a visita da nutróloga, mas, com as orientações que a doutora Alexandra me enviou (e uma adaptação ou outra), chegamos a um acordo. Quando ele termina o banho, ajudo-o a sair do boxe e a enxugar as partes que não dá para alcançar. Precisamos tratar as assaduras, mas ele manda pôr menos talco dessa vez. Tem vergonha, se fica aparente (em especial, das moças, eu acho). Falo que é uma profissional, está acostumada. Mas, quando ele se recusa a alguma coisa, não há quem o convença.

A doutora, Daniela, examina primeiro o inchaço na perna dele. Diz ser um linfedema, o maior que já viu (é uma moça nova, não deve ter muita experiência). Ela pergunta sobre os hábitos alimentares do Davi e ele faz um bom resumo. Saio do quarto por um instante e, quando volto, vejo-o de pé enquanto ela tira medidas. Percebo o sofrimento do meu filho para se manter na posição (aliás, sem apoio nenhum) e me questiono mil vezes se devo ajudar ou mesmo interromper. Assim que pode, ele tomba de volta à cama. "Sabe dizer quanto pesa?", a doutora pergunta e nós dois respondemos juntos: "Não." Explico sobre a impossibilidade de usar aquelas balanças domésticas, por não caberem as pernas dele. O inchaço. Quando nos pergunta por que não vamos a uma farmácia, sou obrigada a entrar naquele assunto delicado. Ela lamenta as humilhações constantes, os maus-tratos, o curso deixado na faculdade; concorda que as pessoas são muito cruéis. Mas, ainda assim, sair de casa é necessário, diz; e uma ida rápida à farmácia não deve causar grandes problemas. Digo que vamos considerar. E lhe indico a saída. Na porta, combinamos de alinhar o tratamento com a doutora Alexandra; antes de se despedir, ela não se aguenta (é mesmo jovem demais) e se precipita em um diagnóstico fora de hora: "A situação do Davi é urgente, dona Vilma. Ele está muito perto, muito mesmo, de perder a mobilidade. De ficar preso à cama."

***

É tarde da noite quando meu pai chega. A essa altura, a gente nem sabe mais quando ele vem para casa. A mamãe sai do meu quarto para recebê-lo; de longe, ouço as reclamações dela: por causa das pegadas de terra que ele deixa no piso, por ter bebido e dirigir. "Pode calar a boca já. Prometo que agora vou beber parado." Tão esperada quanto a grosseria é sua ida ao bar da sala. Escuto o tilintar dos copos e das garrafas, sinto daqui o cheiro de fumo e álcool. Queria que o fogo de um e o poder inflamável do outro se juntassem, para explodi-lo de uma vez. A mamãe tenta iniciar outra conversa – imagino que seja assunto sigiloso, porque eles falam tão baixo que nem dá para entender – e, não demora, volta para perto de mim. "Quer pedir pizza?", oferece, meio aérea. Balanço a cabeça em confirmações, inclusive quanto aos sabores que ela já sabe. Para mim, a pessoa ser atenta ao que te faz feliz, e te proporcionar isso, é uma demonstração de amor. Quando a entrega chega, comemos juntos e o estado de espírito dela também melhora. Acabo minha parte e ela me dá o que restou da dela. "Mãe pássaro", brinca de forma carinhosa, como naquela cena que vimos em um documentário, de elas passarem a comida do próprio bico para o dos filhotes. Acho bonito isso.

O problema é que as coisas mudam de figura. Quando eu já me perguntava se a visita daquela nutróloga, de dias antes, não daria em nada, a mamãe traz para mim umas folhas impressas: a dieta proposta. Peço para ver. Só leio: brócolis, melão, torrada integral, não sei quantas gramas. Explico que esse regime pode servir para a Daniela – mulher, magrinha e mais baixa do que eu –, mas não para alguém do meu tamanho. Eu quero emagrecer, claro que quero, mas tem que haver equilíbrio. A mamãe propõe uma conciliação: adicionar, ao que já como, os alimentos indicados pela nutróloga, assim me acostumo aos poucos. Concordo e seguimos esse plano.

Só que ela começa a forçar mais e mais a parte obrigatória da dieta. Não adianta querer resolver as coisas assim, por imposição. Precisa respeitar meu tempo. A mamãe insiste e, a cada semana, aparece com uma estratégia nova para me dobrar. Ela pensa que não percebo, mas sou esperto. No fim, a situação se azeda tanto, que as refeições se transformam em um campo de batalha. Preciso até gritar para receber tudo. A Meire finge ter outras ocupações e me deixa às moscas, enquanto Sofia nunca para em casa. E até a mamãe sai e me deixa aqui, ainda com fome. O que está acontecendo? Estes são os piores dias da minha vida. Tem horas que sinto que vou desmaiar, de tanta fraqueza. É como se meu sangue não circulasse mais, meu coração começasse a parar. Logo depois, o contrário: ele dispara e parece que vai rasgar a pele do peito. Minha cabeça até lateja. Só quando chego nesse ponto, a mamãe me atende. A caminho da cozinha, pergunta quantos cheeseburgers quero. Digo que podem ser cinco. Ou melhor, seis.

Se eu conseguisse descer na portaria, pediria delivery. Já pensei em subornar o porteiro para me trazer ou deixar o entregador subir, mas não consigo chegar no interfone. Está muito difícil andar, mesmo por uma distância curta. Nem sei se a mamãe percebeu, mas comecei a fazer o xixi também na fralda. Agora, não é só questão do espaço para me sentar no vaso, ficou complicado o caminho até lá. Acho que ganhei peso. E é por isso que digo: essa dieta não funciona.

A doutora Alexandra precisava ser mais compreensiva. Mesmo quando conto dos nossos avanços, ela reage com hostilidade. "Vilma, você precisa se ater à dieta. Não adianta oferecer controle e descontrole ao mesmo tempo. Pelo que a Daniela estimou, o Davi deve estar com mais de 250 quilos." Respondo ser esse, justamente, o motivo de não poder comer tão pouco. Ela inverte a relação: uma pessoa desse tamanho tem mais reserva de calorias, em vez de maior necessidade delas. Deve ser procedimento padrão da psicoterapia, colocar tudo ao contrário. Quando procuro retomar as origens da personalidade do Davi, a doutora me instrui a apontar para as finalidades dos comportamentos dele: "Não se pergunte *por que* ele age de certa maneira; pergunte-se: *para quê*." Fala de reforçadores positivos e negativos, tudo fica de ponta-cabeça: a consequência de um sentimento seria, na verdade, o que o causa. Por levá-lo a conseguir o que deseja, ele manifesta a carência. Não pode estar certa, essa lógica.

"E a responsabilidade é *sua* também, Vilma. Você é a provedora dele", pareço ouvir o Rui nessa fala. Mas claro que sou a provedora do meu filho; toda mãe é. Nosso corpo, aliás, transforma-se inteiro, desde a gestação, só para esse fim. Formamos um cordão umbilical no nosso ventre, que nos liga ao bebê e por onde compartilhamos tudo; os seios se tornam fontes inesgotáveis de leite. É um milagre, se pensarmos a respeito. Como poderia uma mãe, depois de tudo isso, recusar à sua cria o alimento, quando o tem para dar? Isso é mais profundo do que qualquer psicologia. "Você tem filhos?", pergunto à doutora, e a resposta negativa confirma o que eu já pensava. Digo que há lições que nenhuma faculdade ensina, só mesmo a vida. Quando viramos mães, brota uma parte nova de nosso ser; algo que era inimaginável, aliás, antes de a adquirirmos. A doutora não retrocede; diz que valoriza muito minha experiência e que, se quero mantê-la, preciso seguir suas instruções e as da nutróloga. "O Davi não vai aguentar por muito tempo. Me escute: se vocês não mudarem, seu filho vai morrer."

(O choque de ouvir isso, meu Deus!) Interrompo a sessão, ainda que a doutora tente me deter. Vou embora da clínica. Tenho tanto ódio desse lugar; vim aqui para me sentir bem, não angustiada dessa maneira. Por mais que me afaste, a ideia da perda do Davi segue em meu rastro. Chego ao nosso prédio e tenho até dificuldade de subir. Olha, se ele morrer, podem me enterrar junto, porque minha vida terá acabado. Chega uma mensagem da doutora Alexandra. Diz saber que é difícil a ruptura com um modo de vida, mas também se importa com o Davi e só quer vê-lo bem. Vai fazer de tudo para nos ajudar. Conversamos por telefone. Ela me dá até umas dicas de como lidar com a contrariedade do Davi.

***

A mamãe se senta na poltrona ao lado da minha cama com uma expressão amarga. “Vamos ter que seguir com mais seriedade o que a nutróloga mandou”, ela começa a chorar. Deve haver algo mais nesse sofrimento do que só a dieta. Tento consolá-la, respondo que vamos tentar, sim. “Podemos começar já essa tarde”, transmito confiança. “Depois do almoço.” Concordamos em ter uma refeição bem reforçada, por ser a última completa. Em seguida, tento encontrar distrações, mas é difícil não pensar em comida. É como se a fome me escavasse por dentro; um bicho feroz dentro de mim, que ruge no estômago e crava as garras no meu pensamento. Chega a um ponto insuportável. Pergunto para a mamãe se falta muito tempo para o lanche. “Seria daqui a duas horas e quinze minutos”, ela considera o intervalo de três em três horas proposto pela nutróloga. Impossível. Peço para anteciparmos; ainda ficaremos dentro da regra, se só deslocarmos o aperitivo no tempo, sem mudar os ingredientes. A mamãe traz o que seriam as duas fatias de melancia. Para serem consideradas fatias, precisam ser maiores, isso são só lascas. Ela volta com o novo prato, mais bem medido. Nem faz muita diferença. E as horas não passam. Tentar assistir a um filme piora a situação; não aguento ficar parado por tanto tempo. Minhas mãos só faltam arrancar pedaços do travesseiro. Falo para a mamãe que preciso comer algo mais. Uma lata de leite condensado que seja; a planilha da Daniela não especifica nada quanto a sobremesas, deixa em aberto. A mamãe resiste e eu preciso ser cada vez mais enfático. Até que ela sai do quarto às pressas, como em uma fuga. Vai embora do apartamento. O que é isso? Ligo no celular dela e não me atende.

Quando volta, estou perto de perder os sentidos. Falo alto para que ouça, ainda da sala: "Você quer que eu morra? Não me ama mais? Eu virei um fardo, do qual quer se livrar, é isso." Ouço a porta bater. Inacreditável; mal entrou, já sai de novo. Berro com todas as forças, repetidas vezes: "Eu vou morrer! Eu vou morrer!" Sei que ela me escuta, lá de fora. A porta se abre outra vez. Ela aparece no meu quarto, às lágrimas. "Vou preparar alguma coisa para você." Vai para a cozinha – finalmente – e chama a Meire para ajudar. Começam pelas esfihas congeladas, que ficam prontas rápido. Quando coloco a primeira na boca, é como se eu ressuscitasse. Agradeço muito. Na segunda bandeja, peço desculpas por ter me exaltado; perdi até o raciocínio, de tanta fome. Quando a mamãe traz a lasanha de micro-ondas e a porção de batatas fritas, prometo, enquanto mastigo: "Eu vou me esforçar mais pela dieta." O cheiro dos bifes, na frigideira, aquece todo o ar da casa; falo para ela que é um aconchego, um calor amoroso na casa. Ela me traz os pratos com as carnes, acompanhado do arroz, e pergunto como foi seu dia. Conversamos mais, o pudim de leite é a finalização que eu precisava.

Mas parece que toda semana a luta recomeça e fica mais difícil. Não sei se é uma daquelas promessas de segunda-feira que a mamãe se faz. Volta a conversa da dieta, eu grito, ela foge do apartamento, eu aviso que vou morrer. E nada. A porta não se abre, ela não reaparece. Ligo para o celular e não atende; mando mensagens, nem visualiza. Chamo pela Sofia, saiu de casa. A Meire só repete que não pode fazer nada, ordens do seu Rui e da dona Vilma. Meu pai nem sabe do que se passa aqui. Maldito ele, maldita você também, Meire. Quando a mamãe volta, arremesso na parede o prato que me traz, com aquela miséria sem graça. Nem quando choro, sou atendido. Ao celular ela dá atenção, porque ouço as mensagens chegarem aos montes. Outro prato de salada, nem pego da mão dela. Só dou o tapa que o faz se despedaçar no chão. Ela traz um novo, idêntico. Ah, quero morrer! "Você não se importa se eu morrer?", questiono e ela escapa. Depois, quando repito a pergunta, ela responde – como se tivesse ensaiado a frase – que se importaria muito se eu morresse, porém, esses esforços são para que eu viva e fique bem. Como eu posso ficar bem, se sou abandonado aqui, sozinho e faminto? Isso precisa acabar. A Sofia e a Meire nem passam perto do meu quarto, por mais que as chame. É mentira que se importam com minha morte. Todo mundo ficaria aliviado se eu sumisse. Especialmente o meu pai.

Não suporto mais. A ideia lateja na minha cabeça, parada como sangue sem circulação. Estamos só a Meire e eu em casa, envio uma mensagem para o celular dela. Pergunto o que temos de fruta; estou com fome e não posso quebrar a dieta. Com a resposta, digo que queria uma maçã. Ela me avisa que vai sair para comprar, já que escreveu para a mamãe e ela autorizou. Me deixa sozinho.

***

O número de casa, outra vez. A Meire deve ter deixado o telefone sem fio com o Davi, quando saiu para comprar a maçã. Se eu atender, ele vai insistir que quer mais comida, depois de não ter atendido as chamadas dele de celular. Não aguento mais esse caos, estou no meu limite. Mas preciso me manter forte (e focar em mim mesma, como a doutora Alexandra ensinou). E se for outra coisa? Ah, meu Deus, alguma emergência. De novo, o celular; deixe eu conferir, pelo menos. Rui? Que estranho. "Cadê você?", ele questiona assim que atendo. Conto da farmácia de manipulação aonde vim, pergunto o que aconteceu. A resposta é de que não pode falar, está dirigindo. Só me ordena que eu espere na calçada, virá me buscar. "Tem alguma coisa errada com o Davi, não é?", falo para o sinal de desligado, do outro lado da linha. Perco o chão. O que terá acontecido com meu filho? Tantas coisas podem ter acontecido. Por favor, Deus, que não seja nada grave. Tento ligar para o Rui, o Davi, a Meire, o telefone de casa. Meus dedos nem me obedecem. Ninguém atende, em nenhum lugar. Tento a Sofia. Nada. O mundo esvaziado, de repente. Por favor, Rui, chegue logo.

Na rua, tantos carros que não são o dele. Finalmente, a caminhonete; nem espero parar de todo, já abro a porta e subo. Agarro o braço do meu marido, ele grita que o solte, deixe-o dirigir. Peço desculpas. Grito que se apresse, nem sei para quê. Ouço dele: "A Meire me ligou de casa. Disse que não conseguiu falar com você." Começo a explicar por que não atendi, ele me conta que ela perdeu o celular na confusão. Que confusão? (É isso o que tem de ser explicado, pelo amor de Deus.) Pergunto do Davi. O que ouço se embaralha, como a paisagem à velocidade do carro; do lado de fora, os andares dos prédios passam vorazes. "Como assim?", peço para ele repetir a história. A menção à *janela* me põe logo em vertigem; depois despenco, sem ar, por todos os andares da explicação da *queda*; e me arrebento ao choque com o termo: *lá embaixo*. "Como assim?", fico emperrada. O Rui fala de novo, bem devagar: "Ele se atirou da janela do quarto dele, Vilma. Ouviram o estrondo, com a queda, quando ele caiu lá embaixo." Tento me manter alerta para ir ao socorro dele, preciso me manter alerta, o alerta me excede, meus olhos rodam e tudo se apaga.

Quando abro os olhos, tenho a sensação de ter passado um tempão com eles fechados. É um quarto de hospital aqui? Mal consigo me mexer; e o que são esses fios, esses barulhos, em cima de mim? "O doutor já vem para te ver, Davi", uma moça avisa, deve ser enfermeira. Me sinto esganado, o que é isso no meu pescoço? Parece uma coleira. E a mamãe, ela sabe que estou aqui?

O médico abre a porta do quarto, a mamãe vem com ele. Tento sorrir, ela cai no choro quando me vê. Será que está chateada pelo que fiz? Apagou-se da minha memória como tudo acabou; lembro de ter me apoiado na poltrona, conseguido me levantar e ido com ela até a janela, arrastada feito um andador. E de ter chegado à janela, olhado lá para fora. O céu. A mamãe desaba em cima de mim. Ouço a voz fumegante do meu pai, nem tinha percebido ele entrar: "Pare com isso, Vilma, vai piorar a situação." O médico concorda, pede que ela se afaste. Depois, com um envelope na mão, conta que meu quadro é estável no momento, mas ainda preocupante. A queda foi amena, segundo ele, por ter sido nos arbustos e de uma altura relativamente baixa. Sinto vontade de perguntar se, alguma vez, ele já caiu do terceiro andar, para saber como é. "O resultado poderia ter sido fatal. É quase um milagre que esteja vivo. Ainda mais, quando consideramos o excesso de peso: você está com 320 quilos, Davi. Precisa emagrecer." Sempre essa perseguição. Se o que tivesse acontecido fosse um tiro na cabeça, iriam culpar a obesidade, não a bala, por eu ter os miolos estourados. "Dadas as circunstâncias e, em especial, essa *iniciativa*, eu recomendo muito aos senhores, pais, que sejam tomadas sérias precauções. Inclusive, com ajuda psicológica." A mamãe se altera, é quase de gritos a voz repentina dela: "Nada disso, quem vai cuidar do meu filho sou eu! Ele só está nesse leito, nessa situação, porque eu dei ouvidos à tal da ajuda psicológica." Fico até comovido ao vê-la me proteger com tanta determinação. Sei que ela me ama e quer o melhor para mim.

Contrariado, o médico começa a falar sobre a necessidade de manter minha internação, explica os procedimentos realizados. Ergue o lençol sobre minhas pernas, fala da placa de metal no tornozelo direito, do sangramento no linfedema. Um lado bom: removeram grande parte dele com cirurgia. Acho que tudo vai melhorar a partir de agora. A mamãe me conta como estão meus pés e minhas pernas. Meu pai tamborila a mão sobre o bolso da camisa, onde guarda os cigarros; é como se tivesse outro coração, que bate por fora do peito. E sinal de que logo mais vai sair, com a desculpa de fumar. "O que mais precisa de nossa atenção, agora, é a fratura na cervical", o médico abre o envelope e tira dali uma radiografia, que expõe contra a luz. "Conseguem ver esse risco, mais escuro, parecido com um relâmpago? É uma rachadura na C4, à altura da nuca." O desenho é mesmo igual a um pequeno relâmpago, pausado em uma fotografia. "Faltou muito pouco para romper de todo. Se há essa quebra, a pessoa perde os movimentos do pescoço para baixo." Soa como uma advertência para mim. "E é irreversível", ele enfatiza. Todo mundo se volta na minha direção. "Você ficou por um triz, rapaz", o médico aponta de novo para o relâmpago em negativo, um raio de treva por entre o clarão dos ossos. "Um triz", repete, como se eu não tivesse dado a devida atenção na primeira vez.

Acaba comigo ouvir que poderia ter sido fatal. O médico e o Rui saem do quarto, o trabalho de cada um os chama. Os dois parecem ter um certo gosto em ver o Davi punido. Para mim, é o oposto: minha vontade, agora, é de lhe dar tudo conforme o melhor que pudermos. Sinto que ganhei meu filho de volta; foi um renascimento. E agora ele precisa receber muito amor, porque essa queda aponta diretamente para a constatação: ele não ama a si mesmo. Nem consigo compreender como não percebe a pessoa fantástica que é; o quanto eu estaria aniquilada também se o tivesse perdido. Foi justamente essa a tragédia que tentei evitar. Até me magoa pensar que ele me deixaria, quando eu jamais faria o mesmo. Tenho muita vontade de perguntar o que o levou àquilo, mas acho que só iria aborrecê-lo. E, no fundo, sei a resposta: foi aquela pressão, as privações que impusemos a ele. Meu Deus, que ódio daquela psicóloga. Com aquela história de inverter tudo (causa e consequência, bom e ruim, o que se deseja e o que se deve evitar), só virou o mundo de ponta-cabeça. O céu foi parar no lugar do chão. Por que eu dei ouvidos a outras pessoas, em vez de escutar os anseios do Davi? Meu anjinho. A culpa é minha também. Nós, todos juntos, o empurramos por aquela janela. Meu Deus, como são enganosas as tentativas de cuidar de um filho. Podemos matar uma pessoa sem tocá-la, só por não a proteger bem.

Mas, agora chega; tudo vai mudar. Não permitirei que ninguém mais nos diga o que fazer. Eu sei o que é melhor para o Davi. Aliás, qual é o grande problema de alguém se sentir bem? De receber o que gosta? Se ele tem fome aqui, com essa comida miserável e sem gosto do hospital, eu trago lá de fora o que ele quer. Sou provedora, sim. Guardo tudo na bolsa (lanches, salgados, bolos de pote) e carrego para cá com discrição. A alegria dele, quando me vê com essas surpresas, ilumina o meu dia. Nesses momentos, ele se distrai até das dificuldades de estar internado, com todos esses tubos pendurados nele. Parecem cordões umbilicais de mentira. Tudo aqui parece irreal. Não vejo a hora de podermos ir para casa.

Finalmente, chega o dia da minha alta. As dificuldades já começam quando me colocam na ambulância. Só tenho algum sossego quando estacionamos. Um dos enfermeiros abre a porta de trás, vejo meu prédio. A mamãe tenta disfarçar, mas percebo quando ela olha, daqui de baixo, para a altura da janela do meu quarto. O porteiro e dois vizinhos – que saíam bem naquela hora – nos ajudam. Interfonamos para o síndico e o filho dele descerem também. A mamãe avisa sobre o pescoço, para terem cautela.

Entramos com a maca pelo portão da garagem, avançamos aos poucos. O elevador é pequeno demais, percebemos que será necessário subir pelas escadas. Como o porteiro não pode deixar o posto – e seria muito esforço para os que restaram –, alguém decide telefonar para os bombeiros. Demoram para chegar, estou exausto e com muita fome. Por sorte, a mamãe tem um pacote de biscoitos com ela. Detesto ficar exposto aos outros; olham feio enquanto como. Os bombeiros chegam; três pessoas pegam de cada lado da maca, duas na parte dos pés e uma atrás da minha cabeça. Subimos devagar, a cada degrau o desafio aumenta. Preciso avisar para que não me deixem cair. Só repetem a mesma resposta: "Calma, Davi, você está seguro." Que nada, vou despencar. Avançamos, meu corpo fica quase inteiro para fora. Ignoram meus pedidos e mandam eu parar de gritar. Não estou gritando; só que, se eu tombar aqui, nem Deus sabe o que pode acontecer. Pelo menos, a mamãe me protege; ordena que parem e checa se as fitas estão mesmo presas, se estou bem amparado pela maca. Vamos mais devagar.

Que alívio chegarmos ao nosso apartamento. Duro é passar pelas portas; os bombeiros, enfermeiros e vizinhos não têm dó e me raspam nas laterais. Eu grito, até a mamãe grita para eles pararem, quando percebe que me esfolei e saiu sangue. Eles insistem que precisamos seguir em frente. Acho que têm raiva de mim, por precisarem me carregar, e fazem de propósito. É um pesadelo chegar na minha cama; quando me deitam, e a mamãe me arruma, estou até transpirando. A Sofia e a Meire ajudam a me acomodar. A mamãe acompanha os homens à saída, depois volta para o quarto e me faz carinhos. Me pergunta se quero comer alguma coisa. Respondo: "Eu preciso." Ela diz que estava preparada, vai para a cozinha com a Meire. Quando as travessas começam a chegar, percebo que havia trazido coisas da rotisserie, bastava esquentar. O lombo é absolutamente maravilhoso. Os medalhões de frango com bacon me fazem lamber os dedos. A costela derrete na boca. A torta de palmito desaparece em um instante, ficam só as migalhas. E o purê, meu Deus, eu poderia nadar nesse purê. "Fiz esses legumes grelhados para você ter uma parte saudável também", a mamãe é irremediável. Ponho um molho barbecue neles e até que ficam bons. Ainda mais se coloco no garfo junto com as linguiças. Para a sobremesa, a surpresa final: ela trouxe aqueles picolés da sorveteria e deixou no congelador. Tão bom voltar para casa.

Mando mensagem para o Rui, pergunto se ele vem hoje. Responde que só amanhã. Aviso que o Davi está aqui. Ele envia uma figura de mão com o polegar para cima. Largo o celular, vou para o quarto do meu filho. Não demora até chegar o momento da higiene dele (mesmo antes da hospitalização, já prevíamos que os banhos dele teriam que passar a ser na cama). Chamo a Sofia e a Meire, nós três o erguemos pelas costas e o apoiamos de lado. Difícil alcançar todas as dobras nas costas; e tenho que limpar bem, secar bem, para não dar fungos de novo. "Vai rápido, está doendo", ele chega perto de chorar toda vez. Peço desculpas, tento ser o mais eficiente possível. Colocamos a fralda de volta, a camiseta, e o cubro com o lençol. É cansativo, não vou mentir; e morro de medo das fraturas. Ao fim, abro a gaveta onde ficam os chocolates e dou uma das barras para ele. Estamos em paz, isso é o mais importante. Lembro daqueles dias que passamos, com tantos conflitos e lágrimas; para que tudo aquilo? Continuo no quarto, não quero sair de perto. Tão bonito, o meu anjo. "Mamãe", ele me chama, quase um sussurro. "Precisa me trocar." Falo para a Meire voltar quando já estava à espera do elevador; chamo a Sofia também. Tiramos a fralda, eu esfrego o paninho nele para tirar a sujeira. Sei que ele se sente mal por se ver obrigado a isso. Em especial, quando acontece logo depois do banho. Com a limpeza feita, nós o levantamos para colocar a fralda nova e sinto a fisgada no meu braço. Todos me perguntam, assustados, o que aconteceu. "Devo ter dado um mal jeito. Vai passar."

Infelizmente, não passa. Consulto um especialista, faço exames, recebo o diagnóstico de tendão lesionado. O doutor receita remédios, proíbe que eu faça esforços com o braço. Mas preciso cuidar do Davi. Por sorte, agora a Sofia fica mais em casa, de férias, depois do vestibular. Peço para ela evitar saídas, ficar disponível, e conseguimos administrar a situação. O maior problema acontece no dia do retorno do Davi ao hospital. Chamamos a ambulância e os bombeiros; quando o veem, desconfiam que não será possível atravessar as portas. "É, sim. Eu passei na vinda", ele avisa os socorristas, que pedem uma fita métrica. Tiram medidas dos batentes e do meu filho, deitado mesmo. Aquela nutróloga podia ter feito dessa maneira. "Você deve ter aumentado de tamanho desde a última vez", um dos homens sentencia. Debatem ideias, um deles sugere içar o Davi com um guindaste através da janela. Recuso de imediato; não tolero nem imaginá-lo passando por ali. E tenho raiva de construírem esse prédio assim, com janelas grandes desse jeito e portas tão estreitas. Então, eles concluem: a única maneira, para tirá-lo daqui, é remover os batentes e quebrar as paredes.

No dia das obras, os bombeiros acertam marretas nas paredes, a impressão é de que vão derrubar o prédio inteiro.

Meu coração é atingido a cada golpe tão perto da cama (e se algum estilhaço desvia da proteção que eles puseram e acerta o Davi?). Peço licença, fico ali dentro, com ele. Quando terminam, a entrada do quarto parece a de uma caverna, mesmo com a armação de madeira colocada. Reparo em uma rachadura para fora desse suporte, pergunto se há perigo e eles dizem que não. O acesso principal ao apartamento fica ainda mais estranho: é como se rompesse o limite entre o lado de dentro e o de fora. Não quero nem ver a reação do Rui quando vier para cá.

É deprimente a situação chegar a esse ponto. Tenho tanta raiva de causar tudo isso, queria desaparecer. Aquela ideia me volta, como se, mesmo depois daquele dia, ainda não a houvesse digerido bem e tivesse mais o que pôr para fora. Só que nem consigo me levantar mais. E a mamãe – achando que não percebi – afastou a poltrona da cama. Quando os bombeiros vão para o térreo, planejar minha saída, abro a gaveta e engulo todos os chocolates que estavam ali. Bem que podiam entupir minhas veias, me matar de uma vez. Só queria acabar com tudo. Pelo menos, a doçura me deixa melhor. Esse, com avelãs, nossa; é o paraíso na Terra.

No hospital, o médico já começa com aquele tom de reprimenda. Diz que eu pareço ter engordado mais. Me levam para as salas de exame, onde me erguem no lençol, como uma rede, e me arrastam de um leito para outro, mais de uma vez.

Dói demais, quase me quebram algum osso; é inacreditável esse tratamento, em um local especializado em saúde, onde conhecem minhas fraturas. Eu sei que me maltratam porque, no fundo, têm raiva de mim por precisarem lidar comigo. O médico olha para o mostrador de um dos lugares onde me deitam, diz que estou com 382 quilos, conforme a medição da balança. “Ela não está desregulada, não?”, pergunto; só pode haver algum engano. Tenho me esforçado para comer coisas mais saudáveis. Sei que preciso melhorar e ainda quero fazer exercícios, mas, nessa situação, é impossível. Ele é médico, deveria saber. “Davi, não é um colar cervical ou uma placa o que te impede de se levantar”; a grosseria soa como as do meu pai. Sou levado de volta à recepção para aguardar os resultados dos exames.

Omito para a mamãe parte do que passei – assim ela não sofre também – e, no meio da minha fala, começa um tumulto ali, no saguão de entrada. Um senhor bem alterado, com as roupas desarrumadas, briga com a mulher, que tenta detê-lo, por não querer ficar mais ali. Eu o compreendo. O segurança do hospital, um médico e uma enfermeira se intrometem, ninguém consegue controlá-lo. A mamãe cochicha comigo sobre a mão direita dele, que deve ter sido amputada. É verdade, tem só o punho. “Que horrível, perder uma parte do seu corpo”, ela se comove. Pouco depois, somos chamados. O médico diz que ainda precisamos ter cuidado com a cervical. Na radiografia mostrada, continua aquele relâmpago em pausa; só diminuiu a espessura. “Acho arriscado transportá-lo de novo, com o ganho de peso recente", escuto. Meu Deus do Céu, sempre essa conversa. Ele defende que eu seja internado, repete quase na íntegra o discurso da outra vez: foi por um triz; se uma pessoa quebra a C4, perde os movimentos e é irreversível. A mamãe intercede por mim: explica que, depois das obras em casa, eu passo com facilidade e sou bem cuidado lá. Só não podem ser tão brutos na hora de me levarem. "E a cama dele o comporta melhor; os leitos daqui são minúsculos", ela arremata. Não dá chance ao médico. Eu amo a mamãe.

Eu imaginava que o Rui não fosse gostar, mas a reação dele, quando vê as paredes quebradas, extrapola tudo que previ. Ele nem pergunta sobre nosso filho, só berra que é um absurdo terem feito isso com sua casa. Anda em círculos, espalha tosses sufocantes pelo apartamento. Explico ter sido necessário e conto que pensei em, depois, aproveitar para instalar portas mais amplas. O Rui se descontrola de vez (tenho impressão de que vai cuspir fogo pela boca, feito um dragão): "Chega, Vilma! A gente não vai viver assim, não vai quebrar o mundo inteiro só para o Davi caber. Enquanto damos essas soluções, o problema só aumenta. *Ele* só aumenta. É um buraco negro dentro dessa casa, que suga tudo em volta. E eu me recuso a ser engolido. Se a vontade dele é se destruir, como mostrou naquele dia, então, que o faça. Mas só destrua a si mesmo." Mal acredito no que presencio. Como pode um pai falar assim sobre o filho? Nunca vi o Rui nesse estado. É como se a bebedeira se volatizasse de repente e, do fundo dela, irrompesse uma sobriedade ainda mais feroz. Imploro para ele se controlar. "O descontrole não é meu, é dele! E *seu* também. Para mim, chega." Ele arranca a aliança do dedo e a atira para o lado, feito um cigarro queimado até o fim. Fico muda; só o vejo sair pela entrada demolida da nossa casa.

É um alívio que meu pai vá embora. Buraco negro é aquela boca suja de fuligem dele. E a quem quer enganar? Sempre teve essa vontade, de se enfiar no sítio, ir embora daqui de vez. Essa quebra das portas foi só a desculpa que ele precisava. Pode me responsabilizar o quanto for, não foi escolha minha que derrubassem as paredes. Chamo a mamãe, imagino a tristeza dela. Tento fazer brincadeiras para animá-la; cutuco seu braço com o bastão usado para me coçar. Esqueço que ela está machucada ali. "Será que você pode dar uma olhada nas minhas costas? Acho que as escaras pioraram, estão incomodando demais. E sinto umidade no lençol." Ela olha, sinto só uma das suas mãos no meu dorso, para me erguer. Pede ajuda à Sofia, elas fazem a assepsia. Facilita que agora eu fique sem roupas, não precisam mais me despir, nem vestir. É estranho estar nu o tempo inteiro, mas fazer o quê? A mamãe fica um pouco mais animada depois de ter me ajudado. Aproveito a mudança de espírito: "E se a gente pedisse comida chinesa?", sugiro. Sei que ficaremos os dois mais alegres. A tristeza desaparece por um instante.

Quando toca o interfone, ela desce para buscar a entrega, mas volta sem nada. Corre pelo apartamento, sai de novo e, só depois, traz as embalagens. Pergunto o que aconteceu, ouço a explicação de que o cartão de crédito não foi aceito, precisou subir para pegar dinheiro. No dia seguinte, vejo-a bem agitada; ela telefona para o banco, parece discutir, mas não consigo escutar direito. Pergunto o que foi, quando a chamo para meu quarto; ela diz que só um problema na conta. Vão resolver. Aviso que minha fralda sujou. Ela, a Sofia e a Meire me trocam e me limpam. É mais fácil agora, que não fechamos mais as fraldas, só as deixamos estendidas debaixo de mim, como um tapetinho.

Sem a ameaça de meu pai voltar para casa, sinto que os dias passam com muito mais tranquilidade. Recebemos, ainda, a boa notícia: a Sofia foi aprovada na universidade que mais queria. Ela até salta de alegria pela casa; fico tão contente por ver minha irmãzinha assim. Queria poder abraçá-la, sair junto com ela para comemorar e ajudá-la nos preparativos, mas, infelizmente, estou nessa condição. E sei que tudo vai ficar mais difícil quando ela mudar de cidade. Afasto aquele pensamento, paro de olhar para a moldura monstruosa na entrada do quarto. A falha que aumenta. Preciso melhorar e sei que vou. Quando me curar desses ferimentos, vou começar uma rotina de exercícios, cuidar da minha alimentação e – muito em breve – visitar minha irmã na nova casa. Todo mundo vai dizer, admirado: olhem como o Davi mudou, quem iria acreditar. A Sofia me abraça emocionada quando falo isso, responde que estará à minha espera. Os olhos da mamãe também se enchem de lágrimas.

Tudo tem desmoronado sem o Rui. A situação está insustentável. Imploro, em várias mensagens, para ele desbloquear o cartão que fica comigo. Depositar mais dinheiro na nossa conta conjunta. Ele insiste que o valor semanal, estipulado pela cabeça dele, é "mais do que suficiente para pessoas normais". Mesmo no dia do acerto da Meire, não concede nenhum acréscimo; alega estar incluído nos cálculos. Olhe a encruzilhada em que me coloca: daqui por diante, ou gasto com os salários dela ou com o mercado, as fraldas e outras necessidades do Davi. O Rui retruca que não há nenhum bebê na casa para serem necessárias fraldas. Coitada da Meire, até chora quando conto que precisamos dispensá-la. Pergunta várias vezes se fez algo de errado. Eu esclareço que não.

Sem a ajuda dela, me desdobro e ainda assim não dou conta. A dor no meu braço quase me deixa sem movimentos; tomo analgésicos o dia todo, enquanto contabilizo quanto gasto a cada alívio. Preciso fazer malabarismo com as despesas; cheguei a vender joias minhas por preços irrisórios. E a passar um cheque sem fundo no mercado (agora, nem posso mais aparecer no banco para pedir um empréstimo).

A cereja do bolo é a Sofia dizer que é preciso pagar sua matrícula na faculdade. "Me perdoe, filha. Seu sonho vai ter que esperar; não temos dinheiro agora", choro enquanto sou obrigada a essa resposta. Ela não se conforma, nunca lidou com privações financeiras. Diz que vai conversar com o pai. "Boa sorte", respondo. Dali a pouco ela volta ao meu quarto; tenho até dificuldade de acreditar que tenha conseguido resposta dele tão rápido, mas ela me mostra as mensagens. E é como se, nesse gesto simples, os dois tirassem desforra sobre mim. O Rui fez a transferência do valor integral, direto na conta dela; prometeu que seus estudos não serão prejudicados, pode contar com ele. Fico quieta por um momento. Ferida. E é muito difícil falar o que estou prestes a falar, mas o que mais poderia fazer? "Desculpe, filha, você não pode ir. Independente do dinheiro, eu preciso de você aqui. Não posso cuidar do Davi sozinha. *Nós* precisamos de você aqui."

Tenho impressão de que há algo estranho no ar, de novo. Desde que a Meire saiu de férias, a mamãe e a Sofia têm tido um pouco mais de trabalho para cuidar de mim, e não sei se é só o cansaço por causa disso, mas algo mexeu com as duas. Nem se falam, não olham uma para a cara da outra. Talvez, seja aquele fenômeno de mulheres alinharem seus ciclos menstruais; devem estar as duas naqueles dias. Vai passar. Chama minha atenção que, mesmo nessa situação difícil, elas ainda se dedicam de todo coração quando preciso. Por isso, eu sei que me amam; nesses momentos a gente vê o que é o sentimento verdadeiro. Um dia, vou retribuir tudo. Sei que preciso ser o homem da casa agora; vou me esforçar para sair dessa cama e assumir mais tarefas. Nem sei se meu tornozelo já sarou, não consigo enxergá-lo. E tirá-lo da cama – ou forçá-lo – está fora de cogitação. O edema, não sei, tenho impressão de que voltou a inchar. Tem mesmo alguma coisa errada com meu organismo.

Outras tensões têm crescido aqui em casa. A mamãe parece um pouco fora do eixo e o cardápio da casa, nossa, piorou demais. Tem menos diversidade; a qualidade da carne decaiu. Comento com a mamãe, ela explica que devem ter mudado o fornecedor do mercado. "E nunca mais teve sorvetes", digo e ela começa, instantaneamente, a chorar. Antes que eu possa perguntar o que aconteceu, escuto o descarrego de lamentações e justificativas, que vão desde a partida do meu pai até dificuldades financeiras e outras complicações. Sem mais, queixa-se das paredes quebradas, como se já não convivêssemos com elas há dias. Até olho para a rachadura, que me parece mais aberta. Bem que podia desabar esse apartamento inteiro. Pouco depois do rompante, ela se cala e me traz o telefone sem fio. Pede para a Sofia ficar atenta a mim. Diz que precisa sair e voltará logo. No entanto, esse preparo sinaliza o contrário: ela vai demorar. Fico angustiado, falo para não me deixar assim, sem nada. Ao menos, traga a tigela de cereal. Com a caixa dele e a do leite.

Entro em casa e já me arrependo. As crateras nas paredes me impõem o aviso, enorme: não deveria ter tomado essa decisão. Mas se esgotaram meus recursos. O Davi ia ficar sem comida se eu não aceitasse fazer isso. Será o menor dos males, espero. Passo pelo quarto da Sofia, peço para ela ir dar uma volta em algum lugar (o que ela nunca recusa); vou para o meu quarto e aviso ao Rui que pode subir. Preferia nem escutar o que ele vai dizer, mas, só com sua entrada no apartamento, até o silêncio soa diferente. Ele passa pela cozinha, escuto o farfalhar de sacos plásticos.

Ainda de ouvidos atentos, capto a chegada dele no quarto do Davi. O pigarro antes da fala, que engatilha a munição das palavras. "Sua mãe me procurou. Desesperada." Ah, meu Deus, já começou a exagerar. Eu não estava assim. "Voltei com uma condição: arrumar tudo por aqui. Primeiro, para cobrir os rombos que você causou. Inclusive, literalmente." Imagino ele com a mão apontada para as paredes esburacadas. Não consegue superar isso. "Vou demitir um funcionário e você vai assumir a função dele. Passou da hora de ter vida de adulto." Sei que o Davi quer trabalhar, já conversamos sobre isso; mas, do jeito que o Rui fala, soa como se o emprego fosse uma forma de punição, não uma oportunidade. "Como vou fazer isso? Não posso sair dessa cama!", ouço a voz do Davi; é como se me chutasse de dentro da barriga. "Vai continuar aí, enquanto precisa. Alguém trará as notas e registros para casa, você fará a conferência e a contabilidade. Também cuidará dos pedidos e mensagens que chegarem pela internet. Se eu consigo trabalhar à distância, você consegue. E só precisa dos mesmos braços que usa para segurar comida." Como o Rui é rude; tão desnecessário falar assim. E começa a extrapolar nosso acordo: "Mais para frente, quero ver você na firma, sim. Você capaz de cuidar de si mesmo. Por isso, será retomada aquela dieta da nutróloga. E vou conferir, pessoalmente, tudo que sua mãe compra. Também vou revistar esse quarto; acabaram as besteiras por aqui." Escuto o abrir e bater de gavetas, os estalos plásticos e as reações do Davi (consigo até retratar a cena: o Rui, com os sacos enforcados nas mãos, recolhe todos os alimentos do quarto do nosso filho. É de partir o coração). "Mamãe! Mamãe!", os gritos dele por mim, meu Deus. O Rui tinha que ter mais paciência, não se conseguem as coisas assim, por imposição. O intuito é cuidar do nosso filho, não lhe causar mais sofrimento. Escuto a voz acalorada, imune ao choro: "Nem adianta chamar sua mãe. Já está tudo combinado entre nós. Ela vai para o sítio e eu vou ficar aqui, vamos inverter. Está na hora de você se tornar uma pessoa normal, Davi. Entenda o que vou dizer, no sentido figurado e literal: você precisa pôr os pés no chão."

Decido ir até o quarto, já chega. O Rui me desafia com o olhar, pergunta se minhas malas estão prontas (tenho impressão de ouvir o Davi murmurar algo sobre morrer, em meio aos gemidos restantes dele). "Acho melhor eu ficar, se for desse jeito." O Rui diz que sei do trato; se eu não for para o sítio por um período, ele vai em definitivo. Não podemos, eu e o Davi, voltar à situação de antes. Se tivermos um pouco de resiliência, se formos fortes, poderemos atravessar essa fase.

Eu preciso confiar que meu filho consegue. Vou falar com ele o tempo todo e, se as coisas ficarem muito ruins, tento rever o acordo. A gente sempre pode encontrar um caminho. "Vou te dar cinco minutos para terminar as malas, Vilma. Depois disso, desço para o carro." Eu nem sei o que fazer. Como poderia me despedir do Davi? Não existe palavra para esse adeus. Saio do quarto sem falar nada.

A mamãe vai embora? Não, ela tem que ficar. Meu pai fez algum jogo muito sujo para forçá-la a isso. Como eu odeio esse velho. A gente não pode deixar que ele vença assim. Tento enxergar o quanto posso da sala. Percebo a mamãe adiar a partida; meu pai ronda, de lá para cá, com esse jeito de abutre às avessas: só espera que meu corpo se recomponha para me devorar. "Vamos, Vilma", sua voz de cinzeiro acumulado polui a casa. Ele não pode tirar a mamãe daqui, preciso que ela cuide de mim. Na abertura do quarto, vejo a rachadura que se abre como uma mordida ao contrário. Se permitirmos, meu pai vai destruir a gente. O que ele fala tem solidez; basta ver essa armadilha na qual prendeu a mamãe. As malas de rodinhas dela percorrem o assoalho da sala. "Você tem que pôr os pés no chão", a voz dele crepita na minha cabeça. Chega, pai; você nunca mais vai nos obrigar a nada. E não permitirei que ninguém mais nos diga o que fazermos. Se chegou a minha vez de realizar um sacrifício por amor, que seja.

Ergo o braço até a nuca. Descolo o velcro, um rasgo no silêncio do quarto. Ninguém percebeu, ainda bem. Não é a hora ainda. Tiro o colar cervical, minha cabeça também parece que vai se soltar do pescoço. Giro o corpo no colchão e me reposiciono, com a cabeça à lateral da cama. Dói demais; mas eu aguento, dou tudo de mim. Me arrasto sobre o lençol, preciso avançar. As escaras se rompem, é como se atravessasse um campo de espinhos, que me rasgam. Tenho vontade de gritar e chorar, só que preciso ser forte. Meus ombros chegam até a beirada do colchão, finalmente. Ainda de barriga para cima, estendo – o quanto posso – os braços para fora. Deslizo com empurrões, minha perna quase se arrebenta. Sobe, no ar, o cheiro de sangue. Falta pouco agora. Um triz. Me inclino, encosto as mãos no piso; com elas, avanço como se desse passos à frente. A gravidade começa a agir em meu favor. O peito pesa sobre mim, meu Deus; preciso ser rápido, antes que fique sem ar. O topo da minha cabeça pousa no assoalho. É agora. Fecho os olhos, abro os braços feito asas. Desabo lento, preciso me arquear. Todos os quilos em cima do ponto de apoio no meu pescoço. O triz. A queda da cama mais brutal do que a outra, céu afora. Meu corpo não aguenta meu corpo, o pescoço enverga para trás. No fundo da nuca, o relâmpago escuro sai da pausa. A eletricidade explode da fratura, me percorre veloz.

Caio da cama e nunca toco o chão. No piso, amontoados ao meu redor, a barriga, as pernas, os braços e mãos. Ainda respiro, estou vivo. Faço gestos de mastıgação, perfeito. A mamãe vem até mim, vejo-a de ponta-cabeça, aos gritos: "Meu anjo!" Ela desaba de joelhos, toma minha cabeça no colo. Suas mãos se perdem à minha volta, até que entram em contato comigo, meu rosto. Agora você fica, mamãe. Toda a dor se foi. Todo o peso. E é irreversível.

A MAIOR VOZ DE TODOS OS TEMPOS

"Desde que me lembro, eu ouço falar dele", Eduardo já disse, mais de uma vez, a respeito do vulto de Jairo. Um modo seu de referir-se à vida inteira, mas que expõe a falha em abarcá-la: o conhecimento de si mesmo, como todo conhecimento, limitado pelo que se guarda na memória. Na realidade, as menções àquele homem incógnito – e o encontro dele com o avô – têm chegado aos ouvidos de Eduardo além de sua recordação: desde quando era muito pequeno, sem capacidade de registrar as falas ao seu redor ou atribuir-lhes sentido. Talvez, até antes, dentro da barriga da mãe, os rumores abafados com aquele nome já o alcançassem. Jairo. Ou, conforme o epíteto que o avô costuma acrescentar-lhe: a maior voz de todos os tempos.

Essa qualificação, ainda que invoque deslumbramento, não surtiu efeito em Eduardo por anos. Ao longo da infância e adolescência, ele a escutava como a qualquer outro cacoete verbal, dentre tantas hipérboles vindas da televisão, das propagandas ou de muitas fontes mais. Sempre algum produto ou desempenho apresentado como o melhor do mundo, o mais importante da História, ou desafiante de outro superior absoluto, no que seria o confronto do século. Para um garoto, que uma expressão do tipo viesse de um velho senhor – em especial, parente seu – só a rebaixava ainda mais na escala de significância. Tudo que pertencia à pré-história de sua existência juvenil tinha algo de extinto.

Mas o Eduardo adulto, tão diferente de quem foi enquanto menino, tem se fascinado pela figura mítica que só o avô testemunhou. Hoje, depois de o interesse ter se convertido em uma diligência, pensa que a alcunha de "a maior voz de todos os tempos" serve não só como elogio, mas também como reparação pessoal do avô por seu erro, de nunca ter descoberto o sobrenome de Jairo. Depois da chance de escutar o canto de primeira grandeza, impossível rastreá-lo de novo em meio ao erro mais vasto: o erro do resto do mundo, de ignorar sua existência. Uma perda de todos, que nem consciência da perda têm. A maior voz de todos os tempos, nunca ouvida. Poderia ser como a questão do som ou não som, quando uma árvore cai na floresta sem ninguém para escutar. Com a diferença de que o avô, seu Alberto, estava lá, na floresta, e atestou a existência daquela voz.

"O senhor esqueceu o sobrenome dele, ou nunca soube?", foi uma das primeiras perguntas do neto ao iniciar a investigação. A resposta foi imediata, quase repreensiva: "Eu não teria esquecido." E, realmente, o avô parecia guardar cada detalhe daquela breve convergência da vida dos dois: contava em pormenores sua viagem, tão afastada no tempo e no espaço, quando foi trabalhar nas obras de construção da Transamazônica. Os poucos dias e poucas noites de 1972, em Lábrea, município onde a rodovia encontrou seu fim. Onde ainda tem seu fim, apesar de não ser ali que deveria ter terminado. Jairo.

"O lugar dele deveria ser no Carnegie Hall, no Maracanã lotado. Ele merecia estar nos grandes palcos do mundo, no panteão mais elevado. Não enfiado naquele buraco. Nem Deus vê o que se passa lá", o celular de Eduardo grava, ao modo de uma entrevista, as exaltações ressentidas do velho. Soam como demandas ainda do presente, apesar da origem remota. O neto escreve, no caderno em que já anotou citações ouvidas de músicos famosos, ou reflexões próprias a respeito delas, a frase: *A vida que nunca chegou a ser.* Tenta alguma indulgência a si mesmo, mas difícil escapar da constatação: os temas que o interessam nessa história repetem, ainda que por outro viés, os de seu artigo recente e mais conhecido. Aquele sobre Frank Sinatra, uma garota de olhos castanhos e a possibilidade de um encontro fortuito mudar tudo. Já ouviu dizer que, no fundo, alguém que escreve histórias conta sempre a mesma.

"Só ele cantava daquele jeito. Quer dizer, talvez ainda cante. Ainda esteja vivo lá", as palavras do velho já não soam como slogans vazios. Mesmo que, às vezes, ele imite a impostação dos antigos radialistas para enaltecer o talento de Jairo. A maior voz de todos os tempos. "O senhor tem certeza de que ele era tudo isso mesmo? Confesso que duvido dessa grandiosidade toda", Eduardo tem suas estratégias de averiguação. E suas dúvidas reais. Não estaria, ele mesmo, forçando, acima da probabilidade de que essa história possa ser real, seu desejo de que seja real? "Eu sei muito bem o que eu vi. O que eu ouvi. Foi extraordinário, Dudu. Se eu estivesse no seu lugar, se não tivesse visto, também ia achar que é mentira. Mas foi um daqueles poucos momentos, e são bem poucos na vida, em que a gente se depara com uma coisa nunca imaginada. Que um limite é quebrado, sabe? Até ali, eu achava que ser bom cantor era uma coisa; depois dele, vi que pode ser bem mais." O neto tenta conter o fascínio, mas o sorriso expõe que mal consegue. Porque a música, e a arte em geral, tem para ele essa força: a de inaugurar mundos novos no mundo. E também havia se deparado, mais de uma vez, com músicos incríveis, que poderiam se apresentar com total êxito nas grandes casas de espetáculos, mas tocavam em bares quase vazios. Lembra-se, em especial, de um baterista que viu em um bar de jazz em Cuba, com um quarteto, e era, na sua acepção, um gênio. Não havia outra palavra: um gênio. Se tivesse tocado com alguém mais famoso, figuraria com certeza em todas as listas, e comentários, sobre os grandes bateristas da História. Mas estava só em uma ilha.

Poderia haver tantos mais assim, dos quais nunca soube. "Com certeza tem muito Mick Jagger e muito Keith Richards por aí, trabalhando de carteiros. E nunca vão se encontrar", um amigo, músico frustrado, sempre fala. Meditar a fundo sobre isso é perturbador para Eduardo. Mas um cantor que seria o maior de todos os tempos? Mesmo nesse campo hipotético, é uma ideia que soa exagerada. O assunto o deixa obcecado, mas conseguiria escrever algo a respeito e ser convincente? Mais do que conjecturar sobre as possibilidades, realmente dar substância a uma delas? Jairo. O sucesso com o artigo sobre Sinatra – primeiro no qual se arriscou a quebrar suas próprias regras como jornalista, para escrever de forma bem mais pessoal – mudou algo na visão de mundo de Eduardo: o que lhe parece o certo a se fazer, agora, é justamente o que extrapola os limites anteriores. E, nisso, sua inclinação atual se assemelha muito à conversa de seu Alberto: um fenômeno se revela, onde menos se esperaria, e altera os referenciais do que era tido como factível. Todo mundo tem momentos inaugurais como esse, nos quais seu universo próprio se amplia. Nos quais se descobre que o potencial humano pode ir além do que se imaginava. Mesmo em vídeos da internet, Eduardo já passou por esse tipo de experiência mais de uma vez. Um rapaz do Cazaquistão, que uma colega lhe mostrou e, com seus graves e agudíssimos, fez ambos mudarem a ideia que tinham de limites da tessitura da voz de uma pessoa. Os cantores tuvanos de *sygyt*, que quebraram sua certeza de que seres humanos só emitem uma nota de cada vez, nunca duas ou mais em simultâneo. Sempre pode haver alguém que causa uma ruptura no entendimento que se tinha. "Até o jeito como a voz dele preenchia o ambiente, sabe? Parecia que tudo ali, no botequim, todos aqueles objetos e paredes ressoavam com ele, cantavam junto." Sim, parece inacreditável o modo do avô falar, mas apenas tão inacreditável quanto seria a descrição do rapaz cazaque – se não o tivesse visto e ouvido com os próprios sentidos – ou dos cantores difônicos da Ásia Central, que só conheceu por terem sido levados câmeras e canais de transmissão até eles. Jairo poderia mesmo ser um cantor revolucionário, a quem só faltou o microfone e as pontes de comunicação certos. A vida que nunca chegou a ser.

E Eduardo pressente estar em um momento decisivo, no qual outro artigo bem-sucedido, em sequência, pode estabelecer seu nome. Mais do que isso, confirmá-lo como autor jornalístico, não só um funcionário que executa matérias. Em especial, depois que lançar o livro, para o qual já assinou contrato, com a reunião de seus artigos. Precisa ter uma história extraordinária a mais; e é essa. Precisa alçar-se a novas alturas, arriscar, para não cair de volta à redação quase anônima. A vida como alguém que escreve sobre música poderá ser outra.

Para concluir esse texto – sobre o avô e a maior voz de todos os tempos – a tempo de incluí-lo no livro, tem que extrair daquela testemunha única, seu Alberto, toda informação possível sobre o canto de Jairo. "Quais músicas o senhor ouviu ele cantar? Não se lembra de nada da letra? E como se chamava o botequim onde ele se apresentava? Era em Lábrea mesmo? O senhor o viu mais de uma vez? E as outras pessoas também o admiravam desse jeito? Ele era célebre por lá?", muito mais perguntas do que respostas. O avô descreve até os enfeites nas paredes do botequim, porém não faz ideia de como o lugar se chamava ou do endereço. E, sim, era em Lábrea mesmo, já na saída da cidade; só mato em volta. Não é que Jairo se apresentasse lá, como em um show. Só estavam todos ali, bebendo e se divertindo, quando as cantorias começavam. Na vez dele, o silêncio de um culto. Sim, todos o adoravam. Era incrível.

Com sua experiência no jornalismo musical, Eduardo sabe que o mais importante de um relato pode se esconder nos vãos entre as palavras. O tom com que seu Alberto confirma a apreciação dos outros é diferente, bem diferente, do que usa na própria veneração. Trata-se de um descompasso importante. Quanto ao número de vezes que viu Jairo, a imprecisão também parece significativa. Ele conta que as pessoas se cruzavam a toda hora por lá, um limbo de ruas de terra e pouco a se fazer depois do abandono das obras na estrada. Antes de vê-lo cantar, por exemplo, já havia partilhado com ele um cigarro e uma breve conversa às margens do rio Purus. Rio sobre o qual deveria ter sido erguida a ponte. Uma estrada por se fazer. Àquela altura, já sabiam que os da equipe de engenharia, como seu Alberto, só precisavam esperar pelo transporte que os trariam de volta. E Jairo, que contou ter nascido ali mesmo, continuaria na terra dele. Os demais, pelo jeito, seriam deixados à própria sorte. E foram, se é que haveria alguma sorte naqueles rincões cercados pela floresta amazônica. O "inferno verde", como muitos a chamavam.

Tanto poderia ser dito sobre essas outras vidas. Eduardo, porém, não se vê como alguém habilitado para tal trabalho; se muito, conseguirá agraciar seus próximos textos sobre música com certas provocações filosóficas, certos elementos autobiográficos. Melhor se ater ao tema do cantor inaudito, de como talvez a humanidade tenha perdido muitos de seus grandes talentos por não ter havido pontes que os levassem aos olhares dos demais. A História não é uma ouvinte benevolente, disposta a dar chance a todos. Quem seria Frank Sinatra se houvesse nascido no interior do Amazonas? O outro gume dessa questão logo se mostra: nunca existiu, então, um equivalente a Sinatra naquele canto do mundo? Dito dessa forma, essa segunda hipótese é a que parece improvável. Ainda mais quando se considera que a voz é mais resultante do próprio corpo do que de recursos materiais externos. E, se o avô tiver razão, pode ter sido um momento raro em que, contra toda a obliteração do acaso, alguém testemunhou o brilho de uma estrela obscura.

A discussão, em si, pode ser interessante, mas, para que o texto ganhe vivacidade, o pretenso autor sabe, é necessário que essa voz, a maior de todos os tempos, tenha alguma presença. O problema é que, nas conversas-entrevistas com o avô, o mistério, em vez de se esclarecer, chega às raias do paradoxo. Eduardo não consegue descobrir nem qual era a canção que Jairo, segundo seu Alberto, tinha como sua única performance. O avô alega não só desconhecê-la, como ser incapaz de reproduzir qualquer traço de sua melodia ou letra. Seria possível uma voz marcá-lo tão profundamente, mas ausentar-se o que essa voz contém? Sob qual formato se apresenta, então, esse som guardado na cabeça dele? Preso ali, feito em um cofre cujo segredo nem o dono possui? Precisa haver uma maneira de essa voz alheia ser resgatada, transmitida ao neto. Caso contrário, mais cedo ou mais tarde - provavelmente, mais cedo do que tarde - será selada e enterrada com o corpo do avô. Terrível pensar nisso. Da letra, tampouco há resquícios: "Era em outra língua. Quer dizer, não era em língua nenhuma. Eu acho que devia ser uma música estrangeira, que ele ouviu e, sem entender o idioma, só imitou os sons. Inventou. Uma língua exclusiva dele", o velho sorri, ao contar. Fecha os olhos e é como se o ouvisse de novo com nitidez, mas em uma cabine blindada a qualquer pessoa fora da mente dele.

Eduardo se enerva. Qualquer pista o ajudaria, mesmo que se tratasse das sílabas desconexas, inventadas. Provavelmente, conseguiria presumir, por afinidade, qual música emulava. Ele pede para o avô tentar de novo, prestar mais atenção nessa melodia interna. O velho silencia, volta-se para si mesmo de novo, como se entrasse em uma floresta mística, à caça de uma lenda. Abre os olhos, volta da busca sem nada. "Não consigo, não dá. Eu nem canto, Dudu. Sou desafinado até para bater palmas." Eduardo pede descrições da voz, pergunta sobre características dela, como se para desenhar um retrato falado, mas de um timbre. Seu Alberto solta resmungos – seria o idioma exclusivo de Jairo, sem fluência? – e não chega a lugar nenhum. Apoia o rosto sobre as mãos, fala para o celular que o grava: "Se tivéssemos um desses na época, eu poderia ter gravado a voz dele. Trazido comigo, imagina? E aí você ia ver como tenho razão." Os dois se entristecem.

Precisa haver uma maneira de chegarem a algo mais palpável. Alguma forma de engenharia reversa da voz, que os ajude a remontá-la. Eduardo telefona para a mãe, pergunta se no passado o pai dela recordava, ou descrevia, melhor aquela voz. "Não, sempre foi só essa conversa. Aliás, nunca gostei dela. Por que está interessado?" O filho conta e ela, com impostação de bronca, exorta-o a abandonar essa besteira. "Ainda vai abrir para todo mundo? Seu avô envolvido lá com os militares, com aquela coisa toda. E falando de um sujeito que ninguém sabe se existiu, que dirá ser o maior sei lá o quê. Tudo nessa história é estranho, Dudu. Deixe isso pra lá. Só vai passar a imagem de que ele está senil. E você, meio maluco ou ingênuo demais por cair nessa conversa."

Às vezes, soa mesmo como um grande delírio. Em especial, quando Eduardo considera a ideia de ir a Lábrea, pesquisar *in loco*. Já fez buscas na internet, nenhum registro encontrado sobre um Jairo que canta. Caso empreendesse essa viagem, o que faria ao chegar lá? Perguntaria a esmo sobre um sujeito que cantava em um botequim – de nome não sabido – em meio aos bêbados, há mais de cinquenta anos? Um Jairo sem sobrenome, do qual, talvez, ninguém tivesse ouvido falar. Ou, pelo contrário, iria se deparar com diversos Jairos, vivos e mortos? Quanto aos vivos que encontrasse, pediria que cantassem, feito Cinderelas em quem experimentar uma canção de cristal? Tudo soa inviável quando pensa nesses termos. Soa arruinado.

Na conversa seguinte com o avô, tão vazia quanto seria um artigo sem mais traços do canto de Jairo, a desistência fica por um fio, antes de uma ideia repentina evitá-la. Eduardo desliga o aplicativo de gravação de áudio no celular. Em vez de só receber a voz do avô, vai oferecer-lhe outras. "E me fale se alguma se parece com a dele. Mesmo que seja só em parte", o neto diz, enquanto seleciona uma música para tocar no aparelho: "For once in my life", com Tony Bennett. O tipo de canto que, presume, seria dos melhores segundo os referenciais de seu Alberto. Sinatra está fora de questão, pois naquela conversa fatídica da família – o dia em que Eduardo foi fisgado de vez pelo folclore de Jairo – o avô disse que o cantor estadunidense não era insuperável, como a mãe de Eduardo havia falado, depois de comentarem o sucesso do artigo dele. "Existe, no mínimo, um acima dele", o dedo em riste, para demarcar bem esse cantor único. Jairo.

"É difícil avaliar assim", o velho em hesitação de iniciante frente uma tarefa incompreendida. Passam para a próxima: Pavarotti cantando "Caruso". "Não, nada dessa coisa de ópera." O neto risca da lista mental o próprio Enrico Caruso, que mostraria a seguir. Saber do que se afastar é também uma forma de encontrar um caminho. Muda para Luiz Melodia, com "Estácio, Holly Estácio". Detesta o som desse alto-falante – se é que tal classificação cabe a algo tão minúsculo – no celular. "Muito bonita, essa. Mas não parece. A voz dele era incomparável, não sei se adianta procurar desse jeito. Eu passei a vida inteira e nunca encontrei nada igual." O neto não se dá por vencido. Que tentassem vozes mais singulares, portanto, nesse tiro ao alvo sônico. Seleciona "What a wonderful world".

"Esse eu conheço, Dudu. Não sou tão ignorante assim. Como é o nome dele, mesmo?" Eduardo lembra ao avô: Louis Armstrong. "Verdade. Mas, se fosse parecido, eu já teria falado. Vamos lá, você precisa melhorar também", ri com deboche.

Desconcertado, o neto recorre ao seu histórico recente de escutas. Arrasta a tela do aplicativo de música para cima; sem querer, esbarra em uma das faixas que tentou passar e a aciona: "Life on a chain", de Pete Yorn. Pede desculpas pelo erro e, antes de pará-la, percebe o interesse aguçado do avô no que ouve. Nenhuma melodia, nenhum instrumento musical, apenas o efeito sonoro de um disco de vinil tocado pela agulha. O chiado nostálgico. Quando a simulação de gravação antiga dá lugar à sonoridade moderna, o velho se recosta de volta na cadeira. Só agora considerado: mesmo que Jairo não tenha registro gravado, sua memória pertence à época dos discos de vinil; seria uma ponte neural mais próxima. E pensar que poderiam ter descoberto isso se a versão escolhida de "What a wonderful world" não fosse a remasterizada, ou se Enrico Caruso não houvesse sido descartado.

O encontro seguinte demora para acontecer, porque o neto decide mandar consertar a vitrola do avô, parada há anos. Farão as próximas sessões de escuta com ela. E Eduardo faz uma seleção mais criteriosa do repertório. No dia combinado, o avô o recebe com uma lata de biscoitos posta na mesa de centro, as duas poltronas apontadas para a aparelhagem de som. Inauguram-na, depois da revisão, com "As rosas não falam", interpretada por Nelson Gonçalves. A recusa quanto à similitude com a voz de

Jairo é abstrata, de início; Eduardo tenta conduzir a conversa a indicações mais precisas. Difícil discernir os parâmetros de um som, como ele espera. "Só sei que não era uma voz, assim, de homem com sobrancelhas grossas." O neto ri, mostra a capa do disco, omitida até então, para não induzir impressões. "O senhor quer dizer: menos máscula?", pergunta, e o avô se incomoda com a definição.

Uma ligeira mudança na ordem do repertório, para ser colocada "Lábios que beijei", com Orlando Silva. "Essa chega um pouco mais perto", o avô fala baixo, depois se atenta à música. "Muito linda", murmura algumas vezes; o neto gesticula em acordo, embora a considere cafona. Não seria essa a primeira vez, no entanto, que passaria a gostar de uma canção porque outra pessoa se comove com ela. O avô cantarola alguns dos versos; Eduardo se pergunta se seria melhor usar apenas canções desconhecidas, que não colocassem outras impressões ou afinidades à frente da análise das vozes. Uma escuta reduzida. "Deixa tocar esse disco todo", o velho sugere. Perguntado se esse desejo é por achar a voz próxima da de Jairo, por haver mais que poderia ser descoberto ali, ele acrescenta: "Não, é só porque eu gosto mesmo."

Na sessão de audições seguinte, Eduardo chega atrasado. Pede desculpas, estava péssimo o trânsito perto da ponte, quase na chegada. A lata de biscoitos e as poltronas já estão a postos. O jovem preparou mais perguntas, trouxe o caderno de entrevistas consigo, mas opta por ouvirem os discos primeiro. Músicas que provavelmente o avô não conhece, que quebram a relação temporal também. "For you", da Tracy Chapman, dá algum resultado: "Nossa. Parece e não parece ao mesmo tempo. É uma mulher?" Com a confirmação, seu Alberto reclama que esse dado atrapalha a percepção dele. As características físicas de Jairo importariam na busca por sua voz? Eduardo faz perguntas sobre a aparência do astro irrealizado; anota as informações vagas no caderno. Troca o disco por um do Secos & Molhados. Escolhe a faixa: "Não, não digas nada". "É o mesmo problema: uma mulher cantando me confunde." A correção é provocativa: "Não é uma mulher, é um homem: o Ney Matogrosso." Há um silêncio. O velho conclui que, de fato, estão mais perto com essas vozes do que com a do Nelson Gonçalves. Outras músicas são ouvidas, sem grandes avanços. Ao fim da conversa, o avô pergunta se o neto poderia lhe fazer um favor. Precisa comprar adubo para as plantas do jardim, a loja fica longe. Eduardo aceita, claro, e o leva. Aproveita para adquirir um girassol, ofertado à sala da casa de seu Alberto. "A Celeste, às vezes, comprava girassóis assim", o viúvo lembra a antiga esposa. O neto devia ser muito pequeno, não se lembra dessa flor na casa deles.

Novo hiato nas sessões de escuta, porque Eduardo precisa finalizar a revisão do livro. Terá de ser publicado sem um texto sobre o avô e a maior voz de todos os tempos; ainda falta muito para concluí-lo. Às vezes, parece faltar tudo. O manuscrito enviado de volta para a editora, dali para a impressão. Mais uma vez, a história de Jairo se perde.

O lado bom: a busca passa a ter outro compasso, menos urgente. O pacote de discos seguinte tem apenas cantoras;

a boa recepção à voz feminina, ou tida como feminina, no encontro anterior dá novo rumo à procura. Além do mais, Eduardo ponderou que muitas vezes o canto de Jairo foi comparado, nas falas do avô, ao de uma sereia. "Tinha um poder que parecia mágico, sabe? Hipnotizava, te puxava. Dá para entender, naquelas mitologias, os que se jogam e se afundam naquilo." A lata de biscoitos no lugar, as poltronas também. Avô e neto passam das conversas às escutas, das escutas às conversas. "Valsa de Eurídice", ao vivo, com Elis Regina, chega à parte em que a letra diz "Não, meu amado, não parta", e o velho se levanta repentino da poltrona. Isso é incomum. Eduardo ouve a porta do banheiro ser fechada, pode ser apenas uma necessidade súbita. O avô demora e o neto vai até lá; bate à porta, pergunta se está tudo bem. Ouve que sim, espera-o voltar. Percebe os olhos vermelhos. "Fiquei emocionado. Isso da partida...", seu Alberto assoa o nariz no lenço de pano, trazido sempre no bolso. Demora para concluir: "Me lembrou sua avó." O neto fala, por educação, que podem parar por hoje se ele preferir. A resposta, inesperada, é de acordo. Eduardo, frustrado, vai embora.

A ideia de continuarem a ouvir mulheres se mantém para o encontro seguinte. Pelo jeito, a voz de Jairo tendia para os agudos. Por mais que, agora, busque se livrar de uma abordagem muito cerebral em relação a seu trabalho, Eduardo ainda se apega a uma pesquisa metódica. E é uma operação complicada, essa arqueologia do ar que os dois empreendem, na qual precisa ser encontrado fragmento a fragmento o som que um dia habitou a Terra. A partir da soma de pequenas partes, especular o resto, como dos dinossauros só se tem os ossos e elucubram-se peles, olhos, membranas. A maior voz de todos os tempos. Os dois escutam Gal Costa, Ella Fitzgerald, Mercedes Sosa, Edith Piaf, Carpenters. Nenhum grande avanço. Deveriam buscar homens de vozes nos registros mais altos? O caminho parece sempre se perder, sempre apontar para um lado oposto, não importa em que rumo se esteja. A última faixa da tarde, "Moon river", cantada por Audrey Hepburn, do disco com a trilha sonora de *Bonequinha de luxo*, ao menos os leva a uma longa conversa sobre filmes e suas músicas. O velho confunde muitas das produções, mas tudo bem, é difícil mesmo, para quem não é do ramo, guardar tanta informação. O neto, animado pelo assunto, convida o avô para ir ao cinema. Nunca fizeram isso juntos depois de serem adultos os dois. Ao fim, Eduardo gosta do filme, mas seu Alberto não. E diz ter achado o som da sala muito embolado. Ininteligível.

No caminho de volta para casa, o pedido: "Ah, podemos dar uma paradinha na farmácia, por favor? Preciso comprar um dos meus remédios, que acabou." Estacionam e, enquanto o avô é atendido lá dentro, o jovem aumenta o volume do som no carro. O modo aleatório de reprodução está acionado, ele pula muitas músicas e, quando percebe o avô já na calçada, à procura de quem o havia trazido ali, deixa de pressionar o botão e aciona a buzina. Seu Alberto percebe o chamado e vem. Com ele sentado, de cinto posto, Eduardo prepara-se para sair. Tem o braço agarrado, de repente. "Meu Deus! Era assim, Dudu! Não, agora passou. Volte ali", a afobação do velho em um nível inédito. Angustiante até, antes que se entenda: basta retroceder alguns segundos da música no aparelho e está ali. "Aqui!", de novo o sobressalto. A maior voz de todos os tempos, aqui? "Sim, bem nesse momento." Tão fugaz; de repente, já se foi. Apenas um instante, em "It might as well be spring", no qual o canto de Sarah Vaughan e o improviso de Miles Davis se encontram na mesma nota. Depois, separam-se de novo. Somente o final do verso: "*Hearing words that I've never heard*".

É claro que seria algo dessa natureza, a maior voz de todos os tempos: a estatura de uma Sarah Vaughan somada à de um Miles Davis. Uma voz impossível. Eduardo nem consegue dormir à noite. Escuta muitas vezes o mesmo trecho brevíssimo, que mal dá para reter, de "It might as well be spring". O giro ao redor do mesmo ponto na canção quase o deixa em vertigem. Não consegue compreender aquele som como uma voz única, só os decodifica como duas fontes separadas. E o fato de ser uma mulher não atrapalhava a percepção do avô, como ele havia dito? No fim, tudo parece se tratar mesmo de um imenso desatino. Distorção da memória de um velho, talvez uma certa surdez nos sentidos e uma embriaguez arcaica nos sentimentos. Provavelmente, Jairo não era nada daquilo; só um homem comum, um bêbado entre bêbados, em uma noite desnorteada. E aquele antigo Alberto afetado por mil outras coisas, que não um canto miraculoso em si.

A distância de tudo, o desamparo de não ter mais propósito lá, o desmantelamento dos planos, a falta da esposa e da família. O álcool. Foi mesmo sorte não ter escrito e publicado nenhum texto a respeito. Sua credibilidade iria para o buraco. O único pensamento, agora, é acabar com todo esse delírio do qual tomou parte. Nenhuma música a mais escolhida. Nenhuma outra sessão de escuta com o avô.

E a sensação logo se apresenta: tão triste isso tudo acabar. Quando percebe, é madrugada e as luzes da sala, onde ficam os discos, estão acesas. Separa os que têm faixas com combinações de vozes e outros sons. Não tem lógica prosseguir com isso; o problema: é irresistível. Eduardo também imantado por aquele canto de sereia, que não ouve.

Leva para o avô: "Vidro e corte", em que Milton Nascimento faz vocalises junto à guitarra de Pat Metheny; "Monday, Monday", do The Mamas & The Papas, por causa dos corais que unem vozes masculinas e femininas; "La captive", de Berlioz, com as melodias para canto e violoncelo, além do piano. O avô já havia recusado o que lhe parecia operístico da parte de um homem, mas talvez fosse diferente com uma mulher. Não importa muito mais se serão acertos ou erros. O puro ato da busca empolga Eduardo, mais do que qualquer outro assunto do qual precisasse tratar. Por ironia, as combinações sonoras dão melhor resultado e, pela primeira vez, há mais aprovações do que rechaços em uma sessão. Muitas migalhas novas colocadas nesse labirinto às avessas, no qual buscam chegar não ao lado de fora, mas ao centro. Mesmo a soprano, junto ao *cello*, é tida como próxima a Jairo. Eduardo até estranha, agora, tantos lampejos da maior voz de todos os tempos. A certa altura, com o clima de euforia, ousa sondar: "E essa história de que parecia um canto de sereia?" Demorou para pensar no avô em outro papel, que não o correspondente à sua imagem construída de um avô, mas quem sabe, se for o que pensa, pode oferecê-lo alguma espécie de redenção, ou algo nessa linha. "Como assim?", seu Alberto devolve, ao modo de alguém que também tem dificuldade de vê-lo em outro papel. "Ah, as sereias, elas *atraem* pelo canto." O engenheiro aposentado apresenta uma réplica de teor matemático: "Sim, por ser bonito." Eduardo tem vontade de retornar ao efeito, ao resultado da equação, mas fica com receio da reação do velho.

Entre uma sessão de escuta e outra, a mãe de Eduardo lhe pergunta: "Você, que tem ido ver seu avô, notou alguma diferença nele, nesses últimos tempos?" A única mudança digna de atenção: a alegria quase gritante por se aproximarem da voz de Jairo. "Não percebi nada", ele responde, para evitar desagradar a mãe com o assunto. Sente o efeito contrário crescer em si, no entanto, depois do questionamento. Certas oscilações anteriores do avô ganham relevância, na memória, ao longo dos dias seguintes. Até aquela alegria, invulgar, passa a preocupá-lo. "Seu tio Paulo andou estranhando umas coisas que ele falou. Eu também, mas não sei se é motivo de alerta."

O neto decide ter uma sessão de escuta mais relaxada a seguir, sem os esforços da procura. Sem qualquer voz: leva apenas discos de música instrumental. Não há mais aquela pressa direcionada, apenas apreciação. Chega no horário marcado, a lata de biscoitos não está disposta. As poltronas desalinhadas, apontando para direção nenhuma. O girassol, que já vinha murchando, um emaranhado seco no vaso. Pergunta ao avô se está tudo bem, ouve que sim. Na vitrola, põe, reticente, o "Concierto de Aranjuez", gravado com Paco de Lucía e a Orquestra de Cadaqués. Avança a agulha à segunda faixa, o segundo movimento do concerto. Não seria a audição mais correta, mas ele prioriza o prazer calmo de escutar aquele adágio. O avô, em oposição, mostra-se inquieto: "Onde está sua mãe?", pergunta com um tom perturbado. "Em casa. Precisa falar com ela?", o neto devolve e escuta o sim. Vê o senhor levantar-se da poltrona, circular pelos cômodos, e vai atrás dele. Verificados os espaços, os dois se encaram de volta, em uma interrogação mútua, porém oblíqua. "Onde, aqui em casa, Paulo?", o velho dirige a ele a pergunta para o tio. A mãe demandada, então, é a avó Celeste, que esse neto-filho havia dito estar em casa. Casa, este lugar onde o casal viveu por anos. De repente, as notas do violão de Paco de Lucía tão embaralhadas.

Os discos ficam para trás quando Eduardo se vai e, mal entra no carro, chora tombado à direção. Compreende o que se inicia, o que se mostra iniciado desde antes, quase indiscernível. Na conversa posterior com a mãe, ela conta de episódios similares ao do questionamento sobre a avó Celeste, presenciados por outros familiares ou por ela mesma, que pareciam menos graves, mas cada vez mais recorrentes.

Iriam a médicos, fariam exames, mas as desordens mentais pareciam ter vindo para ficar.

O neto insiste nos encontros para ouvirem música. É chamado pelo nome do pai, às vezes; ou dos diferentes tios, do irmão, de amigos do avô, de um antigo vizinho que faleceu. Ouve queixas sobre a construção da ponte: ora porque os trabalhos nela atrapalham toda aquela vizinhança, onde mora; ora porque ela foi cancelada, não haverá mais ponte e a rodovia acabará antes do rio Purus. Precisa avisar a Celeste. Haveria um telefone ali, de onde pudesse ligar? Outra vez, e mais outra, o avô a circular pela casa, enquanto chama pela esposa morta. Eduardo inventa paradeiros dela, retornos iminentes. Sentam-se de volta nas poltronas da sala. A voz de Jairo presente em todas as vozes, se o neto pede por confirmação, enquanto alguma música toca. Outra forma de se perder: em vez de não estar em lugar nenhum, dissipar-se por tudo. Os olhos do avô, que brilham enquanto diz: "Sim, é como essa! Está aí, a voz do Jairo", inclusive para "What a wonderful world", do Louis Armstrong.

Depois de uma queda da própria altura, tudo piora. A mãe telefona para avisar que ele foi levado ao hospital; ela o encontrou caído na cozinha de casa. Eduardo visita-o na internação, muitas vezes nos dias seguintes, e seu Alberto desperta pouco da inconsciência. Nesses breves lapsos, fala com pessoas que não estão ali, pergunta para onde foram aqueles bem diante de si. Insiste que precisa voltar para casa, ou ir para o trabalho, ou terminar as lições da escola. Quer encontrar o quarto certo desse hospital, onde seu filho acaba de nascer. Onde seu pai morreu. E está com muito medo de apanhar, de novo, do pai, se ele descobrir o que fez.

Raros são os momentos em que suas frases são triviais. O neto só às vezes ouve-o dizer algo leve, como: "Me traz água, Zé?" ou "Que horas são, Théo?" Nessas ocasiões, deixa de lado o trabalho no computador, para atendê-lo; algum texto com o qual não se importa muito, alguma entrevista que lhe parece fútil. O tempo passa em outro compasso, outros vetores, nesse quarto. Eduardo olha pela janela, vê as poucas árvores que ressecam no jardim, lá fora. Relê as anotações em seu caderno; a frase: *A vida que nunca chegou a ser.* Inevitável pensar não só no avô, mas também na maior voz de todos os tempos. Agora, desaparecerá de vez. Um mundo que morre com cada pessoa.

Coloca o celular no colchão, ao lado do avô; toca músicas naquele alto-falante, já não importa. Quem sabe ele escute, mesmo no estado em que se encontra. Repete incontáveis vezes "It might as well be spring", da Sarah Vaughan com Miles Davis. Às vezes, retoma de forma obsessiva o instante em que os dois se encontram. Um intervalo muito breve, tempo reincidido. Em uma dessas repetições cíclicas, nota uma lágrima cair do olho fechado do avô. Pousa a mão sobre o ombro dele, pergunta se está bem. Testa diferentes maneiras de nomeá-lo, para ver se consegue alguma reação: vovô, seu Alberto, Alberto, Beto. Um sussurro, afinal, soprado dos lábios dele. O neto se aproxima, para tentar compreendê-lo, o velho abre os olhos devagar, em sua direção. O ar do quarto tingido de medo da morte. "Não quero partir", consegue dar forma ao estertor. "Calma, vô", o mais jovem tenta. "Não quero partir", repete e abre os braços trêmulos. O jovem, chamado agora por outro nome, que não conseguiu entender e talvez não importe a essa altura, atende à invocação, debruça-se sobre ele e o abraça. O medo da morte, de se perder toda uma vida, enquanto ainda se vive. As mãos agarram o moço, lágrimas escoam de um rosto ao outro. Seus suspiros quase não têm força, apenas um último impulso antes do silêncio final. Lá fora, o verde infinito das árvores. A despedida que resiste contra si mesma: "Eu não quero partir, Jairo."

O RISCO NA ÁGUA

Depois daquilo tudo, finalmente chegamos de volta no raso. Eu ali nas últimas braçadas, pá, pá, com toda a força. Ele? Apagado desde o começo. Porra, bate uma coisa ruim, né? Pra um guarda-vidas, é complicado uma situação dessa. Pelo menos, fica a consciência de estar no cumprimento da nossa parte, de fazer o que tava no alcance. Ergo a vítima da água, dou início à manobra de arrastar pra areia. "Ele tentou nadar lá pra ilha. Foi pego pela corrente de retorno", falo alto, na direção do Isaías, que já vem no auxílio do socorro. Aquele monte de curioso em cima, querendo ver no que vai dar isso aqui. A maioria de celular na mão, pra fazer os vídeos e meter na internet. Hoje é tudo assim. Depois passa até na TV e em todo canto, essas filmagens. A história desse cara vai se espalhar.

Deito ele pra que sejam executados os devidos procedimentos de reanimação. Nessa hora, a gente identifica logo quem é da família: chegam naquele desespero, é triste de ver. O Isaías aciona a ambulância, como é de rigor em casos dessa categoria. Afogamento grau seis. Encosto minha boca na da vítima, alterno com os gestos de compressão sobre o peito. A ambulância chega, os paramédicos é que assumem agora. Dão prosseguimento nas tentativas de ressurreição. Zero resposta. Olho pro Isaías e balanço a cabeça. Ele me presta consolo: "Calma, irmão, ainda não acabou. Capaz que reverte, vamos ter fé. Você foi um herói lá dentro. De verdade, parceiro, você foi um herói."

Eu saquei qual era a dele já na areia, antes de entrar na água. Porque, com a experiência que a gente possui, acaba que até consegue, no mais das vezes, prever o comportamento dos banhistas. Tem muita psicologia envolvida aí também, no nosso trabalho. Quando aparece um tipo desse – todo cheio de marra; todo malhadinho de academia; e que você vê, até na sunga de marca, que é daqueles muito arrumadinhos, de barbinha desenhada e tudo –, pode apostar: é alta a chance de dar merda. A gente não quer julgar pela aparência, claro que busca sempre a imparcialidade, mas é bom dobrar a vigilância. Se, ainda por cima, o sujeito já sai pro mar olhando reto na direção da ilha, como foi o caso, é certeza de que vai tentar nadar até lá. Eu conheço bem essas figuras, quase todo dia aparece um. No que vejo a cena, tenho impressão de que até consigo ler o pensamento do cara. Aquela voz dentro da cabeça dele, sabe?, enquanto mira na ilha: "Vai ser minha, eu vou conquistar ela." Parece que lidam com tudo na vida desse jeito: botam o olho, seja no que for, e acham que podem ser donos. Daí partem pra cima mesmo, vão com tudo. Na faixa de areia já andam meio diferente: o corpo durão, os braços assim afastados do tronco, aquele jeito de quem tá convencido de que é igual aos super-heróis de filme. Esse cara, inclusive, tem essa tatuagem aí, com o escudo do Capitão América cravado no peito. E do jeito que chegou, com aquela banca de querer mostrar força, parecia até que o mar ia se abrir pra ele. Não tem dessas, lógico; ninguém intimida o mar. Nós é que devemos respeito a ele. E é aí que começa a imprudência desses caras.

Porque, na minha visão, eles não respeitam nada. Acham que podem fazer o que bem querem, que estão acima das regras. Pra ver: esse cara, o Capitão América aí, quando notei que tava se afastando demais, já dei o primeiro chamado no apito. Acenei com o braço pra voltar. Ele só deu aquela olhada ligeira, fingiu de desentendido e seguiu nadando. De longe é difícil ter certeza, mas acho até que vi um sorrisinho de deboche na cara dele, antes de enfiar a cabeça na água de novo. É pior do que descaso, isso; é soberba. O cidadão acredita que é mais capacitado do que a gente pra avaliar a condição do mar, saber se é seguro ou não ir em frente. Depois que precisa ser resgatado, daí vão falar: "Pensei que dava." É sempre assim. Deus que me perdoe, sobe até uma revolta na garganta. A gente é profissional treinado, analisa todo o entorno, não só aquele pedacinho que o banhista enxerga ao redor do próprio umbigo. No nosso cálculo, entra, inclusive, o que ainda não aconteceu. Aí é que tá o diferencial, entende? Tem que confiar no nosso julgamento. Olha, pra estar nessa posição é necessário muito preparo, muito estudo. Eu já realizei uma vasta quantidade de treinamentos, fora a experiência conquistada a cada dia. Conheço essa praia, isso tudo aqui, melhor do que o quintal da minha casa. E digo mais: quem tá nesse ofício é porque tem a vocação mesmo. Nessas veias, aqui, corre água salgada.

Acionei o apito outra vez, um toque mais alto e longo, como é do nosso proceder. O Capitão América não deu a mínima, só continuou indo mais pro fundo. Bem na linha das placas com indicação de perigo. Daí é pedir pra acontecer uma fatalidade. A gente tenta coibir a entrada nesse perímetro, mas a vontade deles, de ir pra ilha, fala mais alto. Não tem sinalização, vigilância ou advertência que seja eficiente como deveria. Muitas vezes, eu já senti que esses esforços do nosso efetivo acabam parecendo tudo inútil. E isso, de agir no propósito de proteger a pessoa, mas ela mesma desprezar a ajuda, pra se jogar no que é pior pra ela... Olha, isso acaba com a gente. Quando eu tô ali, por exemplo, apitando na areia e a pessoa não volta, nem dá atenção, meu Deus. A gente se sente um nada. É como se nem existisse. Ou fosse só um espantalho, daqueles que os pássaros até cagam em cima.

Pelo menos, o meu alerta serviu pra chamar a atenção dos outros. Ele, lá longe, era caso perdido, mas todo mundo em volta fez o correto e obedeceu, veio pro raso. Mesmo quem não precisava. Foi nesse intuito que dei mais um último sinal no apito. Chega uma hora que o aviso pra ajudar a pessoa vira, também, uma maneira de denunciar o erro dela. Caso uma ocorrência viesse a acontecer depois – como de fato aconteceu –, as pessoas iam poder concluir, pelo próprio entendimento: aquele aviso do guarda-vidas, desde antes, tava certo. A travessia até a ilha é perigosa, deve ser evitada. Mais importante: quando o guarda-vidas dá o alerta, precisa escutar. Não é alarmismo, é coisa séria. A gente não tá aqui pra atrapalhar a diversão de ninguém, muito pelo contrário: nossa missão é manter as pessoas em segurança. Por isso, inclusive, o nome correto desse trabalho é guarda-vidas, e não salva-vidas como muita gente fala. Vivo tendo que explicar isso. Quando precisa salvar uma vida é porque alguma coisa já saiu da conformidade. Nosso foco é a prevenção, é a guarda.

A gente podia ter impedido essa eventualidade com o Capitão, por exemplo. Agora, fica os familiares aí, todo mundo, até quem trabalha aqui, nessa angústia. Esperando pra ver se os paramédicos conseguem reverter o estado dele.

Eu, depois daquele primeiro descaso, retornei pro posto, fui pegar o binóculo pra vigiar à distância. Verifiquei que eu tava sozinho na torre. Passei rádio, o Isaías contou que saiu pra ajudar uma menininha perdida, tentar encontrar os pais dela. Eu vi que tinha que focar nesse cara, então. Tava tudo indicando que ia suceder aquilo que eu já esperava. O mar não tolera erros; o mar tem sempre razão.

Como ele tava nadando bem, a chance maior era que fosse chegar na ilha e só desgarrar na volta. Isso, de ser na ida ou na volta o problema, é mais difícil de prever com exatidão. Tirando aqueles casos de quem é muito inconsequente, quem se mete a atravessar com lata de cerveja na mão, ainda querendo manter pra fora da água. Eu fico maluco com isso. O povo age como se fosse mais importante preservar a bebida do que a integridade física. Quando eu preciso rebocar alguém nessa condição, dou o maior esporro na volta. Dou mesmo. O sujeito precisa lembrar que tem família, responsabilidades. Pra que atentar contra a própria vida desse jeito? E, olha, parece que levam tudo na brincadeira, é tudo uma grande piada. Já teve vez de eu ouvir a roda de amigos de um resgatado, quando fui usar o banheiro da base, depois, e passei por trás das cadeiras deles. O cara tinha tentado essa travessia da ilha também. Saiu ele e a namorada juntos, ela desistiu antes. Foi mais prudente. E, inclusive, ela é que acionou a gente. No fim, ficou ele lá naquela conversa: "Vão ter que me pagar a aposta, sim. Eu cheguei lá e tô aqui de volta, não quero saber." Sim, o cidadão apostou dinheiro com a própria vida. E ria, caía na gargalhada. Tudo bem que, dava pra ver, dinheiro não faltava pra eles. Tudo do bom e do melhor na mesinha daquela turma, até chaveiro da Porsche eu vi. Mas vida só tem uma. E a pessoa se enfiar nessa travessia é praticamente tentativa de suicídio, de jogar com a morte. Igual àquele negócio de roleta-russa, se for ver. Precisa levar o mar a sério. Parece inofensivo, mas pra acabar havendo um óbito ali não custa nada. Esse aí, da aposta, só não terminou mal por causa da nossa intervenção. Daí o cara sai ileso e, passado o susto, faz o quê? Piada da situação. Não aprende nada com o que aconteceu. Talvez porque *quase* aconteceu, sabe? Ficou só no quase. Outra coisa: mesmo que por brincadeira, é esse tipo de piada que mostra como nossa presença é desconsiderada. Quando vão contar a história em outros lugares, depois, também contam assim, que eu sei. Omitem nossa parte. Só mencionam que chegaram a nado na ilha, pra imagem deles ficar bonita. E quem ouve acaba presumindo que foi possível ir e voltar – afinal, a pessoa tá ali, contando –, mas não pensa que isso se deve, na verdade, ao guarda-vidas. Tá errado de quem presume isso também. E aí continua a circular a mentira, a imagem falsa. A gente precisa conscientizar as pessoas.

Lá bem perto da ilha, por exemplo; é onde o povo mais se engana. Tem uma particularidade naquele ponto, que é a corrente de retorno. Ela puxa pro fundo. Então, pra quem tá indo até facilita, igual pegar o embalo de uma escada rolante pra subir. A traição se esconde é na volta, quando vão nadar no sentido contrário: daí é igual tentar subir pela escada rolante que tá descendo. Tombo na certa. O Capitão América, naquele trecho da ida, embalou com a maior tranquilidade. Lá onde tem a vala, inclusive. Aposto que nessa hora se convenceu de vez que ia conseguir. Quem dá conta de ir também dá conta de voltar, já que é a mesma distância, certo? Errado. Uma medida igual pode ser bem diferente. Precisa pensar com a mentalidade do mar. E é esse tipo de conhecimento que a gente tem, mas eles não.

O socorrista até cansa, depois de tanto esforço. Vai o outro assumir. Zero resposta do Capitão América. É bem impressionante ver como tudo pode mudar de repente, né? Quando chegou na ilha, mal botou o pé em terra firme, ele já meteu aquela pose de vencedor. Ergueu os braços, ficou dando aqueles pulos igual o Rocky Balboa depois que sobe a escadaria no filme. Não durou muito a empolgação. Nunca dura. Primeiro, porque não tem nada na ilha; o cara fica lá, se sentindo o Cristóvão Colombo, mas, passou um minuto, não sabe nem o que fazer com o lugar aonde chegou, nem com ele mesmo. Pra piorar, olha pro lado de cá e percebe que só dá pra ver uns pontinhos no lugar das pessoas. Ou seja, ninguém enxerga a conquista dele também. Só eu tava observando, pelo binóculo. E, através da análise da linguagem corporal, percebi o cansaço nele. Nosso trabalho envolve todos esses conhecimentos. Dava pra ver: o jeito de andar dele perdeu aquela convicção de antes. E é aí que mora o perigo. O mais indicado seria tirar um tempo de descanso. Mas o Colombo não se aguentou, né? Pulou logo na água, provavelmente querendo vir contar vantagem o quanto antes. Ser visto pelos outros, naquele sucesso dele. Ninguém quer virar um pontinho sem identificação, isolado.

A volta começou mal. Dia de mar grande, as ondas dando muita pancada. Soma-se a isso o cansaço, mais a corrente de retorno forçando contra; tava na cara que o Capitão ia afundar. Nunca vi ninguém, que não seja da tropa, ir e voltar da ilha a nado. Não ia ser hoje. Tirei o binóculo do rosto, dei uma checada geral na praia. Quando voltei a reparar nele, tava tentando boiar. Podia ser uma boa estratégia pra recuperar as forças, mas tinha que ficar de costas pras ondas. Daquele jeito, era mais sinal de que tava entregando os pontos. E foi de mal a pior: tomou um puta caldo. No mar, se você não se mexe, é o contrário de ficar parado. A pessoa nem dá por si, já tá sendo engolida. É assim o risco na água: passa despercebido, até que ganha outra proporção; daí é tarde demais, o estrago tá feito. Igual à natureza da própria água, que quando só tem um pouco nem aparece; num copinho pode ficar até invisível. Mas quando começa a se somar, a juntar força e tamanho, daí vira um monstro. Ninguém mais consegue parar.

Ele entrou em afogamento de vez. Numa hora dessas, o certo é já sair na explosão, cada segundo conta. Tirei o boné, tirei os óculos escuros, ajeitei ali na armação do posto. Chequei se a cordinha do apito tava bem presa no uniforme, apertei o nó. Peguei uma nadadeira, peguei a outra. Passei o *belt* no ombro, posicionei o apito na boca. Daí, foi aquela disparada. O binóculo ainda pendurado pela alça no meu pescoço. Apitei alto, várias vezes, pra todo mundo notar minha entrada em ação. O guarda-vidas, com essa conduta, é bom que funciona também como alarme pras outras pessoas. Chama a atenção, ainda mais com o uniforme vermelho e amarelo, que são as cores oficiais do alerta. A gente passa feito uma bandeira agitada. Já cheguei a pensar que seria bom se tivéssemos uma sirene. Deve ter um jeito de fabricar uma portátil, à prova d'água, que a gente amarrasse no uniforme. Imagina, a gente passando e aquele zunido todo? Eu sou uma pessoa que tenho muitas ideias. Eu gosto de ter ideias; a cabeça, ó, vai longe. E não entendo por que não podemos ter umas ferramentas de trabalho desse tipo, sendo que a gente é militar. Ia ganhar muito mais eficiência.

Olha aí, o outro paramédico já diminuindo a intensidade dos esforços. Como eu conheço o trabalho deles, e também tenho esse entendimento das questões da linguagem corporal, eu sei o que significa. A família vai ficar arrasada. Já, já vai chegar a notícia. É triste.

Entrei na água, aquela adrenalina diferente batendo. Engatilhei todo o equipamento. Numa hora assim, parece que tudo em volta desaparece. Só existe você e o que tem que ser feito. Lá no meio, com a mão livre, joguei o binóculo de lado. Afundou que nem uma pedra. Paciência, depois a corporação providencia outro. Nadei bastante, o mar é sempre maior do que parecia antes. Alcancei o Capitão América, tava que era só afundamento. Longe, daquele tanto, mesmo se alguém olhasse pra gente, só ia ver dois pontinhos na água. As ondas vindo com tudo; o mar não perdoa. Vi o Capitão América de boca aberta. Provavelmente, perdendo os sentidos. Os pulmões enchem de água, para de ir oxigênio pros órgãos. Perguntei se ele tava bem, pra averiguar. Zero resposta. Nem ele, que tava ali, ia perceber as coisas acontecendo. Lamentável, precisar acontecer. Bastava ter atendido ao meu alerta, que isso seria evitado. Agora, pra que se enfiar numa dessas? Só pra se exibir, pra se mostrar melhor que os outros? Daí a situação chega a esse ponto: pode ter o dinheiro que for, o Porsche na garagem, aquela namorada linda, tudo do bom e do melhor, de que adianta? Nada disso entra na água e vem até o fundo pra te salvar. Foi o guarda-vidas, aqui, que entrou. O mesmo que você desprezou lá atrás. E ia continuar não dando a devida importância se nada acontecesse. Se eu te tirasse dali a salvo e a coisa ficasse só no quase. No susto que depois passa e tudo bem. Você ia fazer piada, contar em todo lado que nadou até a ilha. Dar essa ideia pra incentivar os outros. Mas como você vai falar agora, com essa boca cheia de água? Não vai dar mais pra você, Capitão. Esse círculo vicioso precisava ser quebrado. Perigo demais, toda hora. Peguei no seu punho, puxei pra perto; senti o pulso e ainda tinha. Só dois pontinhos ali, ninguém podia ver. É ruim admitir, mas a gente, na qualidade de guarda-vidas, contribui pro problema se manter. Dá os alertas, é ignorado, mas depois vai lá e resolve o lado de quem errou. Poupa das consequências. Isso não funciona. E, infelizmente, ficou necessário mostrar pelo exemplo. Soltei o braço, afundou de novo. O mar bate com toda a força que tem, não ameniza pra proteger quem sai da linha. Tava só nós dois ali. Uns pontinhos que ninguém mais via. Eu nadei até perto dele; ninguém vai poder falar que não fui fazer o que tinha que ser feito. Puxei ele pelo braço de novo. Vi que precisava esperar um pouco mais. Era só deixar o mar fazer a parte dele. E fez.

Os paramédicos dão por encerrado. Botam o cara na ambulância, vão levar pro hospital, mas é só protocolo. Um deles me confirma a tragédia. A família nem consegue acreditar. Mas é isso; o mar falou, tá falado. Que Deus o tenha agora. Quando eu vim trazendo ele, nadando de lado, por fora da corrente de retorno – porque não adianta ir contra ela –, o mar continuou castigando, sem piedade. Conforme a praia ficou mais perto, vi as pessoas chegando com os celulares, do jeito que eu previa. Daí ergui o rosto dele da água, arrumei a posição. Enxerguei o Isaías também, com as cores do uniforme. Era só esperar a melhor hora pra falar bem alto na direção dele que o sujeito tinha tentado nadar até a ilha, foi pego pela corrente de retorno. Todos aqueles celulares, ali em volta, a postos pra gravar essa informação e repassar. Eu já pensava nisso fazia tempo; gosto de ter ideias. O alerta, assim, vai se espalhar na internet, na TV, em todo canto. As pessoas vão se conscientizar do risco aqui; do que pode ocorrer de verdade, não ficar só no quase. Foi triste, Capitão, o que te aconteceu, mas não terá sido em vão.

Depois daquilo tudo, finalmente chegamos de volta no raso. Eu ali nas últimas braçadas, pá, pá, com toda a força. Ele? Apagado desde o começo.

FÁBRICA DE NUVENS

O coração até ficava aquecido. Vitória acompanhava de perto o papai e a mamãe enquanto eles dançavam na sala de casa, feito os casais de príncipes e princesas nos finais felizes dos desenhos animados. Filmes aos quais a menina assistia incontáveis vezes, sempre em comoção renovada. E pouco havia de diferença entre aqueles castelos cinematográficos e essa cena doméstica, com todas as luzes da sala acesas, os violinos lançados como um passe de mágica no ar. As moças que trabalhavam com a família, posicionadas ao canto em seus uniformes brancos, pareciam fadas madrinhas no baile encantado da casa. Quando a valsa acabava, todo mundo batia palmas.

"Chega por hoje", a mamãe desligava o aparelho de som. O papai tomava Vitória no colo e saía aos volteios, trazia a valsa ainda com ele. Cantarolava com aquela voz grave e carinhosa, como se a melodia prosseguisse infinita, ou em sua posse o quanto quisesse; a filha sorria, um pouco tonta naqueles braços. Quando se dava conta, haviam alcançado a escada. A voz do papai mantinha parte da oscilação melódica, porém, conforme subiam os degraus, afinava-se mais ao tom da fala comum. Frases sobre a hora de dormir, o soninho e a caminha. "Mas já?", a menina queria impedir o dia de acabar. Acatava quando o papai dizia que sim, era comportada. Se soubesse, naquele momento, que nunca mais veria a dança do par em casa, teria resistido mais.

Primeiro, o papai começou a ter aquelas reuniões à noite, com os tios de paletó e gravata. O único que Vitória conhecia era o pastor Timóteo, da igreja. Pareciam todos bem ranzinzas e ela, com medo de se aproximar, só olhava de longe. Em um dos encontros, o papai notou-a escondida em um canto e a chamou para sentar-se no colo dele. "Você vai gostar se eu for o prefeito da cidade?", perguntou com doçura. A menina olhou para os senhores em volta, faltavam neles indicações de como ela deveria reagir. "Prefeito é tipo um príncipe?", arriscou. Todos riram. "Sim, é tipo um príncipe", a resposta dele a fez sorrir também, rosada. Tornar-se filha de um príncipe de verdade: o coração até ficava aquecido.

Mas também se tratava de mais atividades para o papai. Aumentou muito o número de noites em que Vitória tinha de dormir sem vê-lo, pois a mamãe a obrigava a ir cedo para a cama. "Você tem a escola amanhã", a exortação se repetia e se fazia cumprir. Só não foi seguida à risca um dia, quando foi ele quem despertou a filha com a proposta de participar de uma filmagem, em vez de ir às aulas. Ela saltou da cama, continuou a dar pulos de alegria no chão. "Eu vou no seu programa da TV?", perguntou, eufórica. Não costumava assistir – passava muito tarde e, para falar a verdade, era meio sem graça, com aquelas conversas sobre carreira –, porém, tinha fascínio pela presença do papai na mesma tela habitada por príncipes e princesas, heróis e outras criaturas fantásticas. Ele explicou que não estava mais envolvido com aquele trabalho; o que gravariam seria uma espécie de propaganda. "E eu fico muito feliz de ter você como minha parceira nesse projeto", ele disse e abraçou a filha.

Embarcaram nos carros e partiram. Em um deles, o papai com um dos tios de paletó e gravata, mais os seguranças; no outro, Vitória, a mamãe e uma das babás. A cidade se estendia, prédios e casas cada vez mais afastados uns dos outros; conforme o ritmo da paisagem se cadenciava, Vitória caiu no sono. Quando a babá a acordou, estavam estacionados. A equipe de filmagem já preparada no local. A menina saiu do carro, esfregou os olhos e demorou um pouco para enxergar: a fábrica, as chaminés, a fumaça.

De súbito, o engasgo com algo gelado, mesmo sem ter engolido nada. Segurou as lágrimas; havia muita gente em volta e, quando era assim, alguém sempre reparava no seu choro. Até filmavam ou tiravam fotos. Mania besta de acharem graça no sofrimento. "O que foi, meu amor?", o papai se curvou à altura dela; talvez já vazasse em vermelhos pelos olhos e bochechas o que tentava esconder. Vitória apontou as chaminés em atividade, a voz se desmanchava: "A poluição." Recordava as figuras mostradas na escola, quando se falava dos cuidados com o meio ambiente. Indústrias e suas emissões eram das principais vilãs, junto aos desmatamentos e às contaminações dos rios. Todos esses ataques ao planeta faziam a gente contrair doenças e tossir, os peixes morrerem com aqueles xis no lugar dos olhos, os animaizinhos perderem suas casas na floresta. Tentou resumir para o papai, as palavras mal saíam.

Ele pousou a mão no ombro dela; no rosto, a expressão intermediária entre o sorriso de costume e a seriedade aguçada. "Filha, aquilo é diferente. Você lembra bem das figuras que viu na escola?" Ela balançou a cabeça, afirmativa. "Não era uma fumaça escura, cinzenta, saindo das chaminés?" Era; o silêncio nos lábios projetados à frente serviu de resposta. "Então, aqui não é aquela fumaça. É um vapor bem branquinho, está vendo? Não é poluição." Ele se aproximou ainda mais da filha, mirou-a diretamente. Falou baixinho e devagar, como se soprasse um encanto: "Deixa eu te contar um segredo: o que o papai tem é uma fábrica de nuvens." O sorriso dele aberto de todo, ao fim da frase. "Fábrica de nuvens?", a menina repetiu, suas lágrimas quase evaporadas. "Sim. Você pode ver com seus próprios olhos", ele indicou o movimento da massa branca a subir. "Reparou como o céu está cheio de nuvens aqui? É porque a gente está fabricando e colocando ali, no azul." A admiração dela pelo trabalho do papai cresceu tanto quanto caberia em uma criança de seu tamanho. Tão lindo testemunhar aquilo. O coração até ficava aquecido.

"Eu achei que ela já tivesse visto", o papai disse à mamãe. "Ela só veio quando era muito pequena", foi a resposta materna, somada à dica de não aparecerem as chaminés no vídeo. Vitória a contestou; a fabricação das nuvens era tão bonita, precisavam mostrar para todos. "Filha, isso vai ser um segredo nosso, está bem? Há coisas que é melhor não contar, porque os outros não entendem. Você é muito esperta, bastou minha explicação, mas nem todo mundo é assim."

Quando a filmagem começou, o papai se colocou na frente da câmera e falou coisas muito emocionantes, sobre sua vontade de trabalhar para transformar a cidade. Vitória não entendia a maioria das palavras, porém, o sorriso dele funcionava como uma tradução simultânea: esclarecia quão benéficas eram as ideias apresentadas. Os funcionários sorridentes em seus uniformes, que passavam ao fundo a cada tomada repetida, confirmavam o bom funcionamento daquilo que tinha o papai no comando. Ele seria um ótimo prefeito. Terminada a primeira parte, chegou a hora de aparecerem a menina e a mamãe; juntaram-se a ele, que contou o quanto a família era importante. Vitória queria que tivesse durado mais a parte com os três.

No domingo, tiveram de vestir as roupas de ocasiões especiais para ir ao culto. A igreja estava lotada; eles se sentaram no banco de sempre, à primeira fila. A mamãe disse para Vitória que, desta vez, ela não poderia sair para brincar com as outras crianças. Enquanto o pastor Timóteo falava, a menina contou as luminárias no teto, acompanhou o deslize de um tufo de cabelo no chão, averiguou a presença de cada um dos tios de paletó e gravata que iam à sua casa. De repente, uma música bonita se iniciou no teclado e Vitória, infectada de emoção, percebeu estar diante de um momento especial. O pastor anunciou, bem alto, a *Jornada pela família*. No mesmo instante, a banda inteira se somou ao teclado e foi um susto bonito, comovente. Vitória fechou os olhos, espiritualizada. Escutou a voz nos alto-falantes dizer que nessa cruzada era fundamental o apoio de um grande homem. O banco onde estavam balançou e, só então, ela se deu conta de que o papai havia sido chamado à frente. A admiração por ele aumentou outra vez, conforme o via subir ao altar, feito um santo.

Sorridente, ele falou bastante no microfone, mais suave do que o pastor Timóteo. O povo o escutava solene, como naquelas cenas dos desenhos animados em que o príncipe discursa para seu reino. Logo, Vitória e a mamãe foram chamadas à frente pelo pastor, que, primeiro, enalteceu a beleza da mulher do papai. Ela estava mesmo deslumbrante, com o vestido novo e o cabelo feito no salão. A menina também recebeu elogios por ser educada. O pastor lhe perguntou se amava o papai e a mamãe. "Sim", ela respondeu no microfone, com a vogal bem alongada e estridente. "E você fica feliz de ter, na sua casa, um papai e uma mamãe?", ele também alongou, com uma certa estridência, os termos "um" e "uma". A menina confirmou de novo. "E o papai trabalha com o quê?" A recordação das chaminés saltou alvoroçada à dianteira da mente, não deixou oportunidade à cautela: "Ele tem uma fábrica de nuvens!" O riso tomou conta da igreja. O pastor arregalou os olhos, careta de palhaço surpreso. "Mas eu pensei que fosse Deus quem criava as nuvens." O papai estava certo, nem todo mundo entenderia. Ela se lembrou de outro ensinamento dele, providencial: "Deus faz a parte dele, mas nós temos que fazer a nossa." Os aplausos se espalharam pela congregação. O pregador emendou, voltado aos fiéis: "Sim, Deus faz a parte dele, mas nós temos que fazer a nossa." Aleluias e améns saltitaram de todos os cantos. O pastor Timóteo disse que ali estava um homem escolhido, pronto a fazer a parte dele. "E a nossa, a parte de cada um aqui, qual é? Temos que ser sal da terra e luz do mundo, já diz a Bíblia. Depende das nossas ações, das nossas escolhas, se a obra do Senhor chegará a mais lugares, para levar salvação às pessoas. Ou, então, se será dado poder àqueles que perseguem a fé cristã. Não se enganem, está em curso uma guerra do Bem contra o Mal. É preciso decidir de qual lado ficar. E um cristão verdadeiro não pode estar do lado de quem defende a destruição da família. De quem defende o assassinato de crianças ainda no ventre de suas mães. De quem defende a depravação dos papéis do homem e da mulher, conforme Deus os criou. Diz o livro de Provérbios, capítulo vinte e oito, versículo quinze: 'Como um leão que ruge ou um urso feroz é o ímpio que governa um povo necessitado.' Um leão que ruge ou um urso feroz; é isso o que querem para a liderança de nossa cidade? Ou preferem um homem de Deus? Lembrem-se desse nome: Augusto Dálio", o pastor apontou para o papai, que vestiu, por cima do suéter, a camiseta branca com o logotipo da jornada e abriu os braços. Todo mundo bateu palmas. Muita gente fotografou e filmou; alguns tinham câmeras bem grandes. O culto terminou, o papai saiu pelo corredor central e foi embora com os tios de paletó e gravata.

No jornal do dia seguinte, saiu uma das fotos tiradas no templo. Vitória adorou se ver com os pais naquela página, em que só havia retratos de pessoas bonitas e contentes. "Quando vou poder ir na fábrica de nuvens de novo?", perguntou em um pedido. "Hoje não, você tem aula. E o papai vai estar ocupado", a mamãe respondeu, antes que ele terminasse o gole do café. Emendou que precisava ir logo para a loja dela; uma atriz estava agendada com horário privado, para escolher peças com calma. "Uma atriz? Posso ir também?" A resposta da mamãe foi uma segunda recusa, em nome da obrigação de ir à escola. A babá acompanhou Vitória até lá, carregou sua mochila e lancheira até o portão. Na volta das aulas, um novo grupo de pessoas estava instalado na sala: a assessoria da campanha, conforme a menina escutou alguém dizer. Ocupavam, com mesas e cadeiras, computadores e painéis, o espaço onde antes o papai e a mamãe dançavam.

Essa invasão deixou Vitória com raiva. No entanto, ela percebeu que aquele grupo funcionava como um time do papai, ajudando-o naquilo que se assemelhava a uma imensa gincana. Criavam camisetas, bonés, faixas e outdoors com o rosto dele. Também discutiam sobre coisas importantes, que ela desconhecia, como: pesquisas, índices, redes sociais. Desses campos misteriosos vinham as informações mais impressionantes. Ou, ao menos, as que lhe davam mais sensação de que deveria se impressionar. Pelo que escutava ao longo dos dias, o time ganhava pontos o tempo inteiro, pareciam perto de se tornarem os vencedores.

Até que, a certa altura, tudo se reverteu. Foi como uma daquelas tempestades repentinas, quando as moças que trabalham na casa têm de correr para fechar as janelas. Mas, dessa vez, quem entrou em desespero foi a equipe da campanha. As moças de casa ficaram muito quietas, tão quietas que até as caras delas estavam estranhas. E não era vento, mas alguma outra força invisível que sacudia tudo. Os barulhos iguais aos de trovões vinham das vozes dos tios de paletó e gravata. E, a cada vez que chegava mais alguém, a porta se abria e os flashes das câmeras lá fora relampejavam. Deu medo. Vitória tinha de descobrir o que se passava, mas a babá a levou para o quarto, onde se fecharam. "Você precisa fazer a tarefa da escola. Depois, a gente vai brincar." A menina atentava mais ao vozerio por trás das paredes do que ao caderno à frente dela. "Como esses tios falam alto, né? Só coisa chata de adulto, Vi, deixa pra lá. Presta atenção no seu dever."

Para alegria da menina, algum tempo depois o papai abriu a porta do quarto. Ele tinha uma expressão diferente daquele sorriso típico ou da seriedade aguçada. Disse que teriam de gravar outro vídeo, perguntou se a filha aceitava participar de novo. Ela deu saltos de comemoração, mas, por algum motivo, não pareceu ser a reação certa dessa vez. O papai aprovou quieto, saiu do quarto. A babá a ajudou a se arrumar. Pouco depois, foram chamadas ao térreo. A mamãe, sentada no sofá, tinha as bochechas muito vermelhas e limpava os olhos com um lenço. Havia câmeras na frente dela, igual a quando alguém gravava Vitória em um momento de choro. Que mania besta. "Para de filmar, é chato isso!", a menina se pôs na frente do cinegrafista. "Vitória, feche essa boca. Não quero ouvir uma palavra mais", a mamãe lhe deu bronca. Justo quando tentou defendê-la? O papai a tomou no colo e a posicionou no sofá. "Vem, filha, fica aqui, do meu lado. Comportada, está bem?" Soou como se também tivesse medo de ser repreendido. Só melhorou o tom quando cochichou no ouvido dela: "Vai ser um pouco mais sério esse vídeo, porque o papai precisa defender a gente. Mas vai ficar tudo bem. Não precisa ter medo."

Poucas coisas são tão assustadoras quanto alguém dizer que não é preciso ter medo. Vitória se pôs alerta. A gravação foi iniciada e o papai deu boa-noite a todos, falou com muita seriedade: "Quero dizer que estou preparado para enfrentar divergências políticas, discordâncias com meus concorrentes ou mesmo seus eleitores. Tudo isso faz parte da democracia. Mas nunca imaginei que os ataques a mim, ao meu trabalho e à minha família poderiam chegar a um nível tão absurdo, e pessoal, quanto o ocorrido hoje." Alguém os atacava? Parecia tudo tão silencioso. "Preservarei a identidade da jovem, estagiária de nossa empresa, envolvida nessa polêmica; cuidado que a mãe dela deveria ter tomado, em vez de, em um ato de extrema irresponsabilidade, produzir e publicar o vídeo no qual expõe a própria filha." Nossa, a mamãe dessa tal estagiária não cuidou dela? Isso já estava errado. O papai continuava a falar, precisava voltar o foco a ele. "Apesar das calúnias dirigidas a mim, acredito ser a saúde o bem mais precioso, portanto, ofereço minha solidariedade. Nossa empresa tem buscado que a jovem, infelizmente na UTI, seja transferida para um hospital de ponta, onde receberá o melhor tratamento possível." Onde fica essa tal de Uteí? Parece o nome da cidade onde o vovô tem a chácara dele. "Quanto às cédulas mostradas pela mãe, no vídeo, realmente aquele dinheiro não deveria estar em posse da estagiária. É de propriedade da empresa, e é na conta da empresa que deveria ter sido depositado. Confiamos que a obrigação seria cumprida e, inclusive, liberamos a jovem para seguir do banco para casa, já que suas outras obrigações haviam sido cumpridas. Fomos surpreendidos, primeiro, com a notícia de que o dinheiro não chegou ao destino correto." A estagiária roubou o dinheiro? Era esse o ataque, então. "Nem nos meus piores pesadelos, eu imaginaria o que estava por vir. Se ela realizou, de fato, o procedimento alegado pela mãe, todos os que defendemos a vida devemos lamentar. Mas é preciso deixar claro: se o fez, foi por decisão própria. Ocorreu quando já não estava no exercício de sua função, quando já se encontrava no resguardo de seu lar com a mãe. O fato de se apropriar indevidamente do dinheiro que lhe foi confiado, em paralelo a seu suposto ato, me coloca não como cúmplice, mas, sim, como vítima. E quero deixar muito claro: minha relação com essa jovem é única e exclusivamente profissional. Nunca me envolvi com ela de nenhuma outra maneira, seja dentro ou fora do expediente. Por fim, reafirmo nossa solidariedade e nossos esforços no que tange à sua saúde, mas aviso também: as investigações já estão em curso. O dinheiro desviado terá de ser ressarcido, as acusações tiradas a limpo. Tomaremos as medidas cabíveis para que a verdade e a justiça prevaleçam. Obrigado." Foi estranho e diferente, mas emocionante de alguma forma.

O moço da câmera sinalizou que haviam terminado. O do aparelho com as palavras escritas saiu da frente do papai. A mamãe baixou o rosto e chorou. Disse baixinho: "Só jure que isso não aconteceu mesmo. Não me exponha assim, se sabe que fez outra coisa. Eu preciso acreditar em você." O papai segurou a mão dela, respondeu com firmeza: "E eu preciso que você acredite em mim."

Na equipe de campanha, uma mulher falava alto e dava ordens, parecia professora dos outros. Vitória não se lembrava de tê-la visto antes; acreditava que teria sido difícil esquecê--la. Quis saber mais, ficou por perto, escondida. Ouviu que o nome dela era Telma e seu trabalho o de gerenciamento de crise. Talvez fosse, então, responsável pelas investigações da história do roubo. Mas ela não saía da casa e, aparentemente, achava melhor todos ficarem ali. Quando lhe perguntaram se não deveriam mandar a mamãe e Vitória para outro lugar, a resposta foi uma bronca: "Não, isso passaria justamente a mensagem de uma crise conjugal." Ela parecia entender mesmo do assunto de crise, pelo tanto que o mencionava. "E já comecem a pautar matérias para falar que uma estagiária não poderia, por lei, ter sido responsável por transportar dinheiro. Esse deve ser o foco da discussão. O Dálio vai se desculpar por esse erro, vai dizer que no tempo dele de estagiário fez muito isso. Sempre foi parte de sua vida de trabalhador, não imaginou que havia algum mal."

Vitória deixou de ir à escola, passaria a ter aulas particulares em casa. "Desculpe, filha. O trabalho do papai atrapalhou sua vida, né?", ele falou, antes de avisar que seria só por um tempo. Tudo voltaria ao normal em breve. Tudo iria ficar bem. A mamãe, apesar de não sair, parecia mais afastada do que nunca: ou se fechava no quarto, ou aparecia de forma muito breve, com aquela cara de choro o tempo todo. Cara de quem mandaria Vitória fechar a boca, nenhuma palavra a mais, se falasse algo. A menina se desviava dela, enquanto buscava, por outro lado, escutar o que podia das conversas da equipe. Ficou mais difícil, pois parecia haver uma vigilância maior sobre ela; em especial, por parte das babás.

Ainda assim, conseguiu descobrir que o papai tinha agido certo, por dar à garota o dinheiro em espécie. O que significava esse tipo de dinheiro, não sabia; mas importava certificar-se de que o papai estava correto e quem errou foi a garota. Também soube que a denúncia contra ela partiu do médico que a atendeu quando foi ao hospital. Por sorte, havia essas pessoas boas ajudando. E as investigações já estavam em curso: a equipe da campanha havia encontrado muitas fotos da garota nas tais redes sociais, do jeito que procuravam. Essas imagens iam ser espalhadas por todos os lados. Talvez, como as do papai, que ocupavam outdoors, camisetas e tudo mais. Ela estava na disputa daquela grande gincana? Parecia que sim, porque depois houve outra reviravolta na competição, quando surgiu mais um vídeo com ela. Esse passou até na televisão; todo mundo ficou nervoso no time do papai. A câmera de segurança de uma loja, apontada para a rua, mostrava o carro do motorista da empresa dele, que havia dado carona para a estagiária. Vitória não entendia qual era o problema; já havia ouvido alguém explicar, antes, que teria sido para garantir a segurança dela, quando estava com o dinheiro para ser depositado. "Agora, essa parada que ele dá é fatal. Ainda que a gente dissesse que foi para mexer no rádio, no celular ou coisa assim, seria coincidência demais ele fazer isso justo ali, na frente da casa."

No meio do burburinho, começaram a perguntar também pela mamãe. Justo nesse dia ela havia voltado a trabalhar na loja, depois de tanto tempo em casa. Ligaram lá e ela não estava. Vitória foi contaminada pela apreensão, quase chorava sem saber o motivo exato. Ao menos, escutou que a polícia havia sido acionada. Iam ajudar, com certeza. Um dos tios de paletó e gravata contou, inclusive, que era a Federal. Ela nem sabia existir mais de um tipo de força policial e, aparentemente, os tios também não conheciam ninguém no comando dessa. Não demorou para chegar a notícia de que revistaram e fecharam a tal casa. Na verdade, era uma clínica disfarçada. Nossa, mais uma mentira na história da garota. "E já estão cobrindo o hospital, podem esquecer a ideia de tirá-la de lá", alguém contou. A sala, de repente, em silêncio.

Quando o papai chegou em casa, muitos flashes o perseguiam. Assim que entrou, olhou para todos os lados, em sinais de procura. Perguntou pela esposa e a filha. Vitória achou que ele poderia notá-la naquele canto, onde a tinha visto na primeira reunião com os tios de paletó e gravata. Engatinhou até a escada, disfarçadamente, e foi para o andar superior. Outros passos subiram pouco depois. Ela sabia serem da babá e da professora, estava na hora de mais uma aula particular. Para despistá-las, escondeu-se debaixo da cama do quarto de hóspedes, cômodo no qual ninguém entrava. Precisava acompanhar a história, que estava no momento mais mirabolante. Os sapatos dos quais escapava entraram justamente ali, no quarto de hóspedes. A porta se fechou.

Vitória reconheceu a primeira voz: não era a professora dela, mas a da equipe, tia Telma. Falava com aquele jeito de quem dá broncas: "Naquela nossa primeira conversa, eu te perguntei qual parte da história era verdade. Eu *preciso* saber com o que estou trabalhando. Se não, tudo se desmonta, como estamos vendo agora." Vitória, debaixo da cama, nem respirava. "Você mentiu. Teve relações com essa garota, sim. E montou esse teatrinho com o motorista e o depósito só para mandá-la à clínica. Pare de negar, não adianta mais. Você só precisava ter dito as coisas para mim, e eu teria me preparado melhor. Provavelmente, esse vídeo do carro nunca teria aparecido. Percebe o impacto que tem, esconder de mim uma informação?" E era a voz do papai que negava. "Eu preciso que você me diga a verdade, Augusto. A garota vai passar por perícia, não vai ter mais como esconder nada. Ou a verdade vai vir de você, agora, ou vai vir dos exames. Se vier de você, eu talvez consiga me antecipar. Se não, é caso perdido."

Do papai, veio um suspiro, antes da explicação: "Eu nunca toquei nessa garota, Telma. Era para ela ter feito o depósito no banco, o valor está lançado no livro-caixa da empresa e tudo." Os pés de salto agulha da mulher andavam de um lado ao outro. "Pare de insistir, Augusto. Temos um contrato de confidencialidade, você está protegido comigo. Eu trabalho nisso há anos, já vi coisas que você nem imagina. Mas preciso saber a verdade. A verdade é minha matéria-prima." Por que ela não acredita no papai? Deveria estar atrás da ladra, não de cobrar algo dele. "Essa é a verdade! Eu dei o dinheiro e a condução para ela fazer o depósito. Não sei por que o Antônio parou justo na altura daquela casa. Não sei se ele está envolvido, se foi só uma coincidência ou outra coisa." A mulher, com jeito de professora, perguntou se ele queria, então, passar a responsabilidade ao motorista. "Já adianto: só vai piorar a situação se fizermos isso e depois os exames comprovarem presença do seu sêmen na menina, ou no... embrião, resto, sei lá como chamam." Cada palavra complicada. Vitória pensou que precisaria decorá-las pelo som, igual havia feito com a letra do hino nacional, na escola. "Quem tem que ser responsabilizada é ela, a responsável. Ponto final. Deve ter algum namorado nessa história, ou coisa assim. Não jogue comigo, Telma, eu não estou jogando com você."

Os dois ficaram em silêncio, depois saíram do quarto. Vitória repetiu na cabeça, para guardar: sêmen, embrião, sêmen, embrião. Aproveitou a aparente falta de vigilância e deixou o esconderijo. Foi logo encontrada pela professora; começaram a aula. Depois, a babá veio para brincar e dizer-lhe que precisava tomar banho. Quando saiu do chuveiro, sua mala estava aberta sobre a cama. "Você vai passar uns dias na fazenda do vovô, com a mamãe. Não é legal?", a babá contou. O vovô estava no térreo, à sua espera. Disse ao papai, com aquela voz de velho ranzinza, que tratasse de arrumar as coisas; a menina achou que se referia às malas, perguntou se ele iria junto. "Não, filha, eu preciso ficar. Mas logo nos veremos de novo. Vai ficar tudo bem, viu?" Ajoelhou-se no chão, abraçou-a bem apertado e lhe beijou o rosto mais de uma vez. "Eu te amo muito, vou morrer de saudades. E prometo telefonar todos os dias."

De fato, telefonou. Vitória adorava os momentos em que era chamada para vê-lo na tela do celular da babá. Os dois comentavam a respeito do dia da menina, o papai também perguntava sobre a mamãe. "Ela está muito chata. Não sai do quarto. E, se eu chamo, me manda embora. Eu não gosto mais dela. Só gosto de você." Ele sorria, dizia à filha que era preciso ter paciência, a mamãe estava dodói. "Mas nós a amamos, sim."

Ao menos, havia muito com que se distrair na chácara. E, se a televisão havia sido proibida naqueles dias, foi o papai que, de novo, resolveu a situação e ainda a melhorou. Contou que participariam da gravação de um programa, o que era até melhor do que só assistir de casa. Iriam os três da família. Quando ele veio buscá-las, na manhã de domingo, foi uma festa para a menina. Correu para chamar a mamãe, que, mais uma vez, não abriu a porta. "Vem, filha, ela encontra a gente lá", o papai a conduziu até um dos carros.

O estúdio de gravação da emissora era enorme. Vitória reconheceu o palco, o grupo de dançarinas, o apresentador Marlon Silvestre. Teve muitas atrações, ela se divertiu enquanto pessoas diferentes conversavam com o papai, ali nos bastidores. "Bom, agora chegou um momento de muita seriedade. De um assunto que vem sendo muito discutido", o apresentador falou ao microfone. O nome do papai foi chamado, ele pegou na mão da filha para os dois entrarem no cenário. E a mamãe, onde estava? Vitória não sabia se ficava mais preocupada ou decepcionada com a ausência. "Olha, que menina linda", Marlon se aproximou dela. "Você ama o papai e a mamãe?", prosseguiu, em conversa similar à do pastor Timóteo, naquele culto, de outro domingo. Dessa vez, ela manteve na cabeça a interdição sobre falar da fábrica de nuvens. Era mesmo uma garota inteligente, havia aprendido a lição. Porém, nem mesmo foi necessário. O assunto não se encaminhou ao trabalho do papai, mas a uma situação difícil pela qual haviam passado.

"Eu tentei proteger minha família de um erro que cometi. Outros erros, depois, se somaram ao meu e, no fim, foi pior. Acontece, somos humanos. Mas, de tudo, é preciso tirar uma lição. E a minha, Marlon, é ver o quanto a união da família é importante. É a base de tudo", o papai falou, depois de ter explicado que havia sido um período de muita pressão. De vulnerabilidade. E certas pessoas quiseram se aproveitar. Vitória pensou em perguntar se aquela conversa era por causa do sêmen e do embrião – lembrava-se mesmo das palavras –, mas achou melhor ficar quieta. Comportada. "E falta uma pessoa para termos de novo essa união familiar, certo?", o apresentador perguntou. Em seguida, anunciou o nome da mamãe e ela apareceu. Estava bonita, mas com uma cara estranha. O papai soltou a mão da filha e abraçou a mulher. Falou no microfone o quanto precisava que ficassem juntos, ela era tudo para ele. Pediu que lhe concedesse o perdão necessário. Assim como Deus perdoa os pecados dos homens. Nessa hora, tocou uma música tão bonita. Vitória a reconheceu, era a valsa que eles sempre dançavam. Foi tanta emoção: a soma da melodia, das palavras lindas do papai e da proximidade dos três ali.

A mamãe, no entanto, mantinha aquela cara fechada. Até o Marlon Silvestre deve ter percebido, porque foi na direção do auditório e disse: "Vamos ver o que a plateia acha. Ela deve perdoá-lo?" No canto da arquibancada, um moço de fones de ouvido – daqueles enormes, com um microfone de haste à frente da boca – erguia os braços, os polegares em sinais de positivo. Todo mundo gritou: "Sim", com a vogal bem alongada e estridente. O papai chegou ainda mais perto da esposa, disse com muita doçura: "Me perdoe." Abriu o sorriso conhecido.

"Sabe...", a mamãe finalmente começou a falar. "Eu acho que... é preciso...", a voz dela quase não saía, como se engasgasse com algo gelado, mesmo sem ter engolido nada. Ela se calou, respirou fundo, sua cabeça tombou como se pesasse mais do que podia aguentar. Tinha os olhos tão fundos, como se paralisada naquele momento em que o choro acaba, nem há mais lágrimas. Uma das câmeras se aproximou. Vitória preferiu não interferir na filmagem dessa vez, para não levar outra bronca. "É preciso ser a pessoa mais forte para ser aquela que perdoa. E, sim, eu te perdoo."

O volume da música subiu ao máximo. Todo mundo bateu palmas, a plateia gritou de alegria. Vitória viu até a tia Telma ali, finalmente com um sorriso no rosto. O papai abraçou a mamãe, enquanto o apresentador comemorava. Dizia que, independente da orientação política, a família vinha em primeiro lugar. A menina percebeu, a seus pés, o palco se preencher de vapor branco. Devia ser uma surpresa preparada pelo papai: nuvens que havia fabricado especialmente para aquele momento. Tão lindo. Ele a tomou no colo, tinha de volta consigo o embalo da valsa, a voz de música. Vitória, nas mãos dele, sorriu quando o ouviu sussurrar ao ouvido dela: "Viu? Eu disse que ia ficar tudo bem." Era o final perfeito para aquela história. O coração até ficava aquecido.

DIÁRIO DE TRANSBORDO #99

Eu ainda não sei qual será o meu nome.

Ah, essa frase é bem boa pro começo. Daí, faço a introduçãozinha rápida e já chamo a vinheta. Queria tanto trocar aquela música da minha vinheta. Será que agora, com essas mudanças, aproveito e faço isso também?

***

Eu ainda não sei qual será o meu nome.

E esse é o tema do vídeo de hoje. Então, continuem aqui, comigo, que depois da vinheta falo mais.

***

Será que ficou bom? Ou melhor repetir? Deixa eu ver. Ah, está bom. Só preciso mudar essa luz de lugar, que está fazendo reflexo nos meus óculos. Pronto. Hmm, vou precisar refazer a introdução, pra não dar diferença na imagem. Acho que depois já sigo de uma vez, pra ficar tudo em um único arquivo. Corto na edição.

Preciso postar isso ainda hoje, pelo amor da Deusa. Se eu continuar do jeito que estou, daqui a pouco o algoritmo vai se recusar a distribuir meu conteúdo. Vai falar: "Não, você nem vale o trabalho que dá." Eu quero organizar minha frequência de postagens, juro que não é falta de vontade. Mas, ai, é tanta coisa pra arrumar na vida.

***

Olá, transbordantes! Bem-vindas, bem-vindos, bem-vindes ao "Diário de transbordo". Antes de começar, já vou pedir que se inscrevam no canal, ativem as notificações e deixem o like. *Isso contribui muito pra eu poder continuar a fazer esses vídeos. Então, se você gosta do meu conteúdo – e eu sei que vocês gostam, vai –, por favor, dê essa ajudinha.*

Bom, como eu falei na abertura, hoje a conversa é pra saber como vou me chamar. Porque – vocês imaginam, né? – eu tenho que mudar tudo: minhas redes sociais, meus documentos, a forma como eu me apresento, o que mais? Nossa, muita coisa. E, claro, eu já sabia como ia ser. Mas mesmo assim; parem pra pensar em todos os lugares onde seu nome, ou seu gênero, aparecem. Ai, vocês não acreditam a dor de cabeça que dá. E sempre sobra um fio solto, né? Muito difícil arrumar tudo na vida.

***

Essa coisa do nome, na verdade, eu acho que deveria ser assim pra todo mundo: a gente escolher o nosso depois de crescidos. Nenhuma pessoa ia correr o risco de ser chamada por uma palavra que não a representa.

Mas a escolha é bem difícil, também. Definir uma coisa, assim, que pode virar permanente. Nossa, me dá até um nervoso. Já preciso do meu remédio, que é muita pressão. Nem sei se deveria abrir esse assunto pra todo mundo, viu. Sempre essa dúvida, também. Tem horas que eu queria só ficar na minha, pensar com os meus botões. Tirar férias dessa... persona, sei lá. Calma, algoritmo amiguinho, se estiver me escutando. E sabemos que está, né? As paredes têm ouvidos, os celulares mais ainda. Não vou parar, não, viu?

Enfim, é complicado. Imagina se eu escolho um nome e, daí, ele vira gíria pra uma coisa ruim, ou que dá vergonha? Tipo aqueles que começaram a usar pra falar dos órgãos genitais. Pelo amor da Deusa, eu morreria se isso acontecesse comigo. Ou se aparecesse personagem de novela, gente que se mete em escândalo e tal, com o mesmo nome e o deixa marcado.

Falando em nome marcado, já vou dizer nesse começo que não quero nada parecido com o meu antigo. Só preciso... Ué, o que aconteceu? Essa câmera está meio louca.

***

Antes que alguém traga isso à tona, já me deixem explicar: não quero nada parecido com aquele meu nome antigo, o de nascimento. Nenhuma derivação, nada do tipo. Primeiro, porque sempre detestei "Valentina". Ai, mãe, desculpa falar, mas que mau gosto o seu. Fica brava, não; te amo, viu? Beijo.

Gente, o pior é que minha mãe, tadinha, tem toda uma história com esse nome. Ficou arrasada quando soube que eu ia mudar. Acho que foi a parte mais difícil pra ela. Mas, enfim, eu nunca gostei. E, depois da transição, peguei birra de vez. Olha, principalmente no começo – quando acontecia com mais frequência –, era alguém me chamar de Valentina pra eu sair do sério, de perder as estribeiras mesmo. Ah, mas também, né? A pessoa me vendo ali, de barba na cara - lembram de quando deixei a barba? Tudo bem, era meio ralinha, mas era uma barba, poxa. Pois então, a pessoa vendo aquela figura e chamando de Valentina. Depois que mudei de cidade, recomecei minha vida, isso diminuiu bem. Mas os parentes, né, esses nunca pararam. Um inferno.

***

Nossa, lembrei de quando, logo que mudei pra cá, quis testar sair como menino. Preciso fazer um vídeo pra contar essa história. Acho bem representativo de umas diferenças que a gente passa. Aliás, acho que todo mundo deveria viver um tempo em cada gênero. Quem sabe, assim aprendíamos mais sobre o outro, poderíamos nos tratar melhor. Será que já coloco essa história nesse episódio? Não, vai ficar muito vaivém. Só vou deixar anotada aqui a ideia, pra não esquecer de gravar depois. Quem sabe, já troco de roupa quando terminar esse e, se der tempo, faço hoje mesmo. Ah, deixa o algoritmo ouvir isso; vai ficar feliz comigo.

"Minha primeira noitada como menino" seria um bom título? Vou deixar aqui enquanto não penso em outro melhor. Que noite, aquela. Nunca tinha bebido tanto. Fui embora tendo que me apoiar nas paredes. E ninguém mexeu comigo, mesmo naquele estado. Ninguém quis dar uma de meu príncipe salvador, num cavalo branco, pra depois vir com a espada. Incrível. Essa primeira parte da missão se cumpriu com louvor. Minha vontade era sair sem medo de qualquer ataque, importunação, mesmo com uma bebedeira olímpica, e deu certo. O problema foi na segunda parte.

Eu sempre tive aquela coisa, uma fobia mesmo, de pegar carro de condução sem ninguém mais comigo. Ainda por cima de madrugada. Mas quis me colocar à prova nisso também, fazer isso sozinha e bêbada. Ops, sozinho e bêbado. Até hoje me atrapalho, às vezes. Ai, que ninguém me ouça. Quando chegou o carro, eu entrei, vi o motorista com aquela cara estranha e bateu na hora: a sensação de menina em perigo. De donzela no covil do dragão. É um inferno, como essas coisas ficam instaladas na gente. Eu lá, de *binder*, blusão de moletom, nada à mostra e, mesmo assim, cruzei os braços na frente do peito. Aquela enxurrada de pensamentos na cabeça: "Você não devia estar aqui. Não podia estar fazendo isso. E se ele me estuprar? Nossa, não posso perder a consciência, de jeito nenhum." Eu, que queria ter a experiência livre de medos, caí naquele terror dentro de mim. A cada vez que o motorista vinha com o braço pra mudar a marcha, eu até contraía as pernas uma contra a outra. Só faltou esticar o braço pra puxar a saia mais pra baixo, quando eu estava de calça. E o pavor de desmaiar, de acordar num matagal, depois de um estupro. Me imaginei na delegacia, no exame de corpo de delito, nos jornais, nos telefonemas chorando pra minha mãe. Olha, a gente faz muitos procedimentos na transição, mas acho que nenhum conseguiria remover os medos todos. É tanta história que a gente ouve, aquilo entra até no nosso DNA, sei lá. Talvez fosse por causa da embriaguez também. Mas eu só via aquele cara me olhar pelo espelho retrovisor e pensava: "Vai acontecer. Então, é hoje que chegou a minha vez, é assim que vai ser comigo. Quem mandou se expor assim? A culpa é minha também." Porque tem isso ainda, né? A infinita culpa feminina. Mesmo em um corpo masculino, eu a carreguei comigo. No fim, o único contato que o motorista fez comigo foi, sem nem olhar pra trás, falar: "Não vai fazer sujeira aí, campeão."

***

Enfim, hoje eu sou outra pessoa. E é importante afirmar essa mudança. Porque eu acredito que, finalmente, encontrei o meu lugar. Às vezes, parece que a gente nasce afastado da gente mesmo, e é preciso percorrer uma longa distância até alcançar seu Eu. Aliás, se você ainda não conhece minha história, vou deixar na descrição os links dos vídeos em que dá pra ter um resumo. Mas acho que a maioria aqui já sabe, né?

Tem sido uma jornada de autoconhecimento mesmo, sabe? Porque, na vida, não importa só aonde a gente chega; o caminho, em si, também faz da pessoa quem ela é. Mesmo nos casos em que dá impressão de só se ter saído e voltado pro mesmo ponto. Quer dizer, o próprio fato de ter buscado outro lugar já pode ter sido uma mudança imensa. Como é mesmo aquela frase? Acho que é do Platão, ou do Aristóteles. "Um homem nunca entra duas vezes no mesmo rio, porque nem o rio nem ele são os mesmos." Bonito, né? E é isso.

Ai, estou me dispersando. Enfim, sendo essa pessoa tão diferente agora, preciso de um novo nome. Um símbolo de que as coisas não são iguais a antes. Muito pelo contrário. A Valentina, ela era uma garota cheia de medos, da sensação de não pertencimento, das inseguranças comigo mesma. Opa, ato falho. Corta.

***

Hmm, deixo o erro no vídeo? É divertido e tal, mas começa a parecer que faço de propósito. Quem me dera minhas confusões fossem só por diversão, por vontade própria. Confusão é a história da minha vida. Ai, mas também não quero passar a imagem de que pessoas como eu não sabem o que querem. Será que vai pegar mal? E se o povo resolver me cancelar? Ai, minha Nossa Senhora de Lady Gaga, rogai por nós.

Só queria mostrar que tem esses cantinhos das experiências que nem sempre, ou quase nunca, são do jeito ideal. A gente tenta fazer certo, mas quanta coisa sai da linha, não? A vida é uma bagunça. E cada um é cada um; cada pessoa, uma história diferente. O que posso tentar é contar a minha. Mas é difícil entenderem isso hoje em dia. Ai, será que regravo todo esse pedaço? Não, deixa eu ver se dá pra cortar. Ah, dá sim. Qualquer coisa, tiro essa última parte, depois da frase do rio. Até o rio está bonitinho.

***

Hoje, eu vejo que grande parte do que vivi veio disso também. Eu quis mais escapar de mim do que me aproximar de mim. Porque eu era muito jovem quando tudo começou, né? Agora, que cheguei a esse ponto de mais maturidade na minha vida, que já estou com vinte e um anos, tenho uma análise bem melhor das coisas. E vejo que os problemas com meu corpo eram, em parte, com o que era feito de mim por habitar esse corpo. É difícil separar quem você é, de verdade, daquilo que tudo em volta te sinaliza que é seu lugar. Acha que é fácil? Então se pergunte quanto da sua vida seria escolha sua, independente de ter nascido em outra família, outro país, outro tudo. Nem o que você deseja, ou as coisas de que gosta, seriam as mesmas, já pensou nisso? Que seu gosto não vem só de você, por exemplo?

E não adianta falar que a gente deve viver sem ligar pras opiniões dos outros. Porque não se trata só de opinião, amores; é também onde você é colocado, quais papéis se apresentam pra você, a quais experiências de vida tem acesso. Por exemplo, se você quer ser um jogador de futebol, só consegue isso se um time – ou seja, alguém externo – te convoca. Sem essa parte do outro, você pode vestir o uniforme, pode até entrar no campo e fazer um gol, que vai ser só um penetra, um maluco. Então, não é só a opinião dos outros, mas a validação e o quanto ela define o que te cabe. Ninguém é uma ilha isolada, gente. E, mesmo se fosse, toda ilha tem a forma definida pela água em volta, não é?

***

Quanta filosofia hoje, hein? Acho que tomei café demais. Será que apago tudo e recomeço? Nem sei se preciso dar essa volta toda, falar de novo sobre não me encaixar naquilo que me era passado como: uma mulher é isto. O tema do vídeo é meu nome novo, ponto. Mas está tudo interligado, né? E é importante falar sobre essas questões. Tem muita coisa a ser dita aí. Mesmo hoje, tendo experimentado os dois lados, não saberia dizer com certeza o que é ser uma mulher ou ser um homem. Ainda mais com tantas possibilidades diferentes, tantas misturas possíveis. O que é preciso mudar, exatamente, pra que se deixe de ser um e se torne o outro? Onde fica esse limite, se é que tem algum limite. O que não poderia faltar a um homem, pra que seja um homem, ou a uma mulher, pra que seja uma mulher? Socorro, se eu começar a falar isso em público, me crucificam na hora. Pior do que cancelamento, viriam aquelas hordas com tochas na porta de casa. E eu nem quero dar uma resposta, nem acho que tenha uma única, definitiva.

Minha Nossa, ainda estou com vontade de tomar café. Vou lá rapidinho, depois já volto e gravo a parte final. Gente, como a pessoa procrastina. Mas quero acabar isso logo; quanto antes terminar, melhor.

***

Eu não me conectava com as outras meninas, com as coisas mais tipicamente "femininas". Muitas aspas, aí, tá, gente? Sei que tem mil formas de feminilidade e de masculinidade, que as pessoas transitam entre uma e outra coisa, tudo mais. Não me cancelem, pelo amor da Deusa! Estou falando de como eu via as coisas naquela época. Nem eu concordo mais com esse pensamento meu.

Pra mim, ficar entre os meninos era muito melhor. Só que daí entrava outro ruído, o de confundirem as coisas. De enxergarem um lado erótico naquilo. A cada hora, um garoto diferente vinha falar que estava apaixonado por mim. E sempre desconfiavam que eu estava ali, com eles, pra ir atrás de namorar com algum. Gente, eu só queria ter amigos. Os meus pares, sabe? Por que tinha que ser tão difícil uma coisa tão simples? Tudo caía nessa sexualização, sei lá, nesses olhares diferentes pra mim.

Aliás, isso era uma das coisas que mais me enlouquecia, pra quem é mulher: os olhares em cima de você, o tempo todo. Seja pra te julgar, seja pra te medir inteira e conferir se você corresponde aos ideais, seja pra te menosprezar, seja porque parece que os caras têm fome de você. Porque não parece desejo, tesão, essas coisas, né? Parece fome mesmo, de bicho que te vê como presa em uma caçada. Quando você sai na rua e tal. Gente, que ódio disso. Dá vontade de ser invisível.

***

Será que, se eu falar que a existência como homem me pareceu mais invisível, vão reclamar? Ah, com certeza: vão falar que os homens aparecem muito mais, ganham os cargos de liderança, são mais ouvidos e tudo. Por esse lado, sim, está certo. De fato, quando eu passei a falar, sendo homem, todo mundo me levou mais a sério. Não procuravam a confirmação de alguém mais, eu já bastava. Mas é de uma outra forma de não ser visto que eu queria falar. Porque eu senti isso também. E, nossa, foi notável! Em muita coisa o que rolou foi o contrário daquele excesso de atenção que me incomodava; foi a ausência de atenção. De cuidado. Como naquela noite da bebedeira, com o motorista do aplicativo: eu achando que ia morrer e o cara nem deu a mínima, só se preocupou que o carro dele não ficasse sujo. Pra mim, essa história mostra muito do universo masculino. Uma coisa de: se for sangrar, não deixe seu sangue cair no piso. Você precisa manter as rédeas de si mesmo, sabe? Não no sentido moral, necessariamente, como alguns vivem dando provas. Mas de, sei lá, de você ter o controle seu e da situação. Aquela coisa de "homem não chora", aquilo é o resumo de todo um programa de supressão das emoções, das fragilidades. Porque a ideia, inclusive, é que você acredite nessa ausência de choro, nem precise escondê-lo; a coisa já apagada, antes de precisar ser escondida. Silenciamentos diferentes, de cada lado.

Já me pediram várias vezes pra gravar um vídeo falando das diferenças entre viver como menino e como menina. Acho que vou fazer, um dia. Pra mim, a vivência masculina se mostrou mais simples e, até hoje, não sei se isso é bom ou ruim. Acho que depende do quanto a pessoa se identifica com essa característica. Ou o quanto ela faz parte da vida da pessoa. Na minha experiência, achei tudo simplificado demais. Reduzido mesmo. Aliás, depois que comecei com a testosterona, senti que até meu espectro emocional ficou mais estreito. A alegria menos alegre, a tristeza menos triste, a raiva menos raivosa. É bem louco, isso. A gente é a nossa química interna, em grande parte.

E pode ser impressão só minha, até por ter as comparações com a vivência feminina, mas, mesmo naquilo que é mais clichê, que pode parecer superficial, mesmo aí se revela uma inclinação ou outra, diferente pra cada lado. Por exemplo, a coisa de as mulheres se arrumarem mais, se maquiarem e tal. Eu sei que muitas não fazem isso, mas a maioria faz, não dá pra fingir neutralidade total. E sei que há homens que se maquiam, mas também não é a regra. Os padrões existem; mesmo que a gente não queira, estão aí, pra gente lidar com eles. A gente é educado num mundo desse jeito. Enfim, eu, depois de ter virado menino, só pegava uma roupa no armário, escovava os dentes e saía de casa. Ninguém reparava em mim; nem pro bem, nem pro mal. Tem suas vantagens, essa tranquilidade, não vou mentir. Ainda mais em um dia de cansaço. Porque tem mais essa, que é importante: a testosterona dá outro ânimo, viu. Eu parei de ter aqueles dias de muita moleza, especialmente na fase da menstruação. Confesso: não menstruar é uma dádiva! Tem horas que eu penso que até a natureza é meio machista. Deve ser Pai Natureza, não Mãe Natureza.

São muitos os privilégios dos homens, não vamos negar. Mas, por outro lado, de novo: pra mim, virou uma existência meio empobrecida. Mesmo essa coisa de se arrumar, de se cuidar mais, que eu sempre gostei, isso traz pras mulheres, em geral, a coisa de dar atenção a si própria. Talvez atenção demais, o que pode causar aquela neurose de nunca estar boa o bastante. Aquele massacre da autoestima. Tudo tem dois lados, né? Mas, não sei, no fim me parece uma relação mais rica consigo própria. Estou romantizando demais? Preciso pensar mais a respeito. Mas acho que falta isso no mundo dos homens: ter consciência de você mesmo. Parece que eles nem pensam muito a respeito, nem ocorre a eles. Já vi caras que, se você pergunta o que estão sentindo, em um momento de angústia, não sabem nem dar nome àquilo. Isso é meio que ser analfabeto até pros próprios sentimentos. Que dirá os sentimentos dos outros. Se no universo feminino tem um excesso de cuidado, até o ponto da paranoia, no masculino ele falta. Sobra pras mulheres até o cuidado com eles. Daí, já acho errado também. Já me dá ódio.

Eu devia anotar essas ideias, pra colocar em um vídeo, em vez de só pensar aqui comigo. A pessoa fala mais sozinha do que com a câmera.

***

Eu acho que, quando comecei minhas pesquisas sobre transição, quando comecei a conversar com os homens trans, foi a primeira vez que senti mais acolhimento. Todo mundo me explicava tudo, conversava bastante, demonstrava se importar comigo. Sem eu ter que corresponder a qualquer expectativa, muito menos acontecer de a cada hora um deles falar que tinha se apaixonado por mim. Ali, sim, era um ambiente de paz. E, quanto mais eu descobria, mais foi ficando claro: eu sempre fui um homem trans. Como demorei tanto pra perceber?

Gente do céu, era só pra eu falar do nome novo, mas já estou aqui, voltando a história lá pro começo. Gêmeos com ascendente em gêmeos, sabem como é. Mas acho que é importante também, porque está tudo interligado. E eu tomei café demais hoje, não reparem.

Vou contar bem rapidinho, só pra quem ainda não sabe: eu iniciei o processo de transição, com o tratamento hormonal, e passei a me identificar como homem, mudei de cidade e tal. Ah, muito importante o alerta, vou sempre repetir: dei uma trapaceada e não recomendo. A primeira psicóloga com quem me consultei quis fazer um acompanhamento mais longo, antes de qualquer mudança, como é o indicado. Só que eu pensava: "Amiga, vou perder um tempo precioso da minha juventude, não posso me dar esse luxo." Daí fui atrás de outras, até achar uma que, na primeira sessão, já concordou que eu era, sim, uma pessoa trans, me deu o laudo e tudo. Não pode, tá, gente? Se você está pensando em fazer a transição de gênero, precisa ter um acompanhamento profissional adequado. Desconfie de quem te fala o que você quer ouvir. De quem te dá o que você deseja. Pode estar justamente aí o perigo.

Minha Deusa, daqui a pouco esse vídeo vai ficar com duas horas. Vou acelerar aqui.

Bom, passou o tempo e começaram as dúvidas de novo: "Será que é isso mesmo que eu quero?" Porque eu vi que grande parte das questões que eu tinha, elas não desapareceram. Só ficaram, assim, menos inflamadas. Eu pensava: "Quem sou eu, então?" Acho que eu sempre me perguntei isso. Como se tivesse outra coisa que eu pudesse ser, que eu deveria ser.

Pouco a pouco, fui sentindo mais o que precisava fazer. É que demora até a gente reconhecer, quando é difícil de encarar, né? Não pensem que eu tomei qualquer decisão por impulso, não, viu? Eu resisti muito, não foi fácil. Até porque, quando fui pesquisar, pra ver se isso existia, percebi que seria um terreno bem hostil. Como foi de fato, na hora de pôr em prática. Teve gente que, da outra vez, me ajudou super, mas ali rompeu comigo. Nem sei se deveria falar assim: "da outra vez". São coisas diferentes, né? Vou deixar aqui o card *de um vídeo em que falo mais desse período e... Nossa, calma, que deu* tilt *aqui nos meus neurônios. Onde eu estava mesmo?*

***

Dominique.

É isso: Dominique.

Que loucura, nossa. Surgiu assim, do nada, enquanto eu falava. Até me perdi no meio da frase.

***

Eu sei que estou me repetindo, mas, ai, essa história eu preciso contar, porque adoro. Estava eu, lá, com aquelas mil caraminholas na cabeça, daí fui a uma reunião de amigos. Quer dizer, hoje eu vejo que, no fundo, já sabia que caminho tomar. Mas parece que a gente precisa de um empurrãozinho às vezes, né? Aquele que joga a gente onde nosso coração já está. Enfim, um desses amigos, que canta e toca violão – beijo, Rafa! –, estava lá e começou uma música. Não vou cantar aqui, porque vocês sabem: se tem uma coisa que ainda tenho dificuldade de aceitar é como minha voz ficou, por causa da testosterona. E olha que eu costumava ter aquele discurso de amar a si mesmo, de acolher suas características por fazerem de você uma pessoa única. Mas, ah, não precisamos ficar nessa obrigação, também, de achar tudo na gente lindo e maravilhoso, né? É uma forma de pressão, essa positividade absoluta. Podemos ter uma coisa ou outra de que não gostamos na gente.

Então, vou só recitar os versos da música, que eu até decorei: "Um dia, vivi a ilusão de que ser homem bastaria. Que o universo masculino tudo me daria do que eu quisesse ter. Que nada, minha porção mulher, que até então se resguardara, é a porção melhor que trago em mim agora. É a que me faz viver." Gente, olha aqui meu braço, até hoje me arrepia. Dá pra ver?

Eu nunca tinha escutado. Achei que fosse supermoderna, de alguém de gênero fluido, sei lá. Só depois soube que é do Gilberto Gil, lá da década de 1980 ou 1990, sei lá. Um homem, cis, de outra época, outro tudo, e olha: parece ter sido escrita pra mim. Aliás, é como se eu pudesse ter escrito, se conseguisse organizar tão bem em palavras. De tanto que se encaixa comigo. Muito louco isso, né? Uma pessoa tão diferente conseguir falar de você melhor do que você mesmo conseguiria. Sei lá, coisas da arte. De gente meio bruxa.

E ali, com esse meu amigo cantando, nossa, eu me acabei de chorar. Na frente de todo mundo. E até isso foi um choque, porque era um pessoal que só me conheceu como homem. Se eu fosse menina, talvez até achassem bonito eu me comover daquele jeito, mas, sendo menino, olharam pra mim como se eu estivesse cometendo uma indecência.

Fui embora, daí esse amigo veio falar comigo, ver se estava tudo bem. Um fofo. Eu respondi que sim, que aquela música tinha sido um gatilho. Comentei sobre a letra e tudo. Não contei o que vinha pensando, mas falei que estava lidando com várias questões. Ele ficou todo sem jeito, daí falou, olhem só, ele falou exatamente isso: "Será que você, no fundo, não é uma mulher? Tipo, uma pessoa trans?" Gente, eu comecei a rir tanto. Ria e meio que chorava, tudo ao mesmo tempo. Ele ali, pedindo mil desculpas, e eu: "Não, está tudo bem." E estava mesmo. Porque era um riso de libertação, aquele. Um riso existencial.

Claro que não foi só por causa disso; como eu falei, já estava na minha cabeça há tempos. Mas esse foi o momento em que caiu mesmo minha ficha, me bateu a certeza: eu sou uma mulher, nunca fui uma pessoa trans. Agora eu sei, sabemos, disso. E eu precisava fazer a transição de novo pra mulher. Porque eu até acho que, em alguns casos, como o meu, seria melhor chamar de "retransição" do que de "destransição". Não sinto que estou desfazendo o que fiz antes. Essa é uma terceira etapa pra mim, não uma volta à primeira. Vou repetir o que falei lá no começo: o caminho também te transforma, mesmo que o final chegue no mesmo ponto. E é como diz aquela frase famosa: "Uma pessoa não nasce mulher, ela se torna mulher." Eu estou me tornando mulher, a que quero ser. Por um caminho mais tortuoso do que a maioria, talvez, mas ok. Ah, é da Simone de Beauvoir a frase, essa eu tenho certeza.

Aliás, pensei agora: seria melhor trocar o nome do canal também? Se bem que eu sou uma pessoa transbordante, né? Isso não vai mudar. Mas deixem nos comentários o que acham. Quero a participação de vocês.

***

Dominique.

Muito lindo, dá até gosto falar. "Oi, eu me chamo Dominique." Deixa eu escrever, pra ver como é a sensação nos dedos. Como fica na tela. "Aqui é a Dominique." Gente, que perfeito! Imagina se alguém me fala: "Você tem mesmo cara de Dominique." Eu ia ficar toda toda. E acho que tenho, sim.

Será que nem publico esse vídeo com a dúvida, agora que já sei? Só faço um pra falar do nome novo?

Mas acho que é bom ter esse também, comigo ainda sem saber. Até porque posso falar pro pessoal deixar sugestões de nomes nos comentários, criar engajamento. Vou gravar esse final. Depois faço um episódio com a revelação. Nossa, já vai ser o de número 100. Legal, fica até um número redondo, comemorativo. A partir do "Diário de transbordo #100", a Dominique falando. Quem sabe, alguém não dá uma sugestão até melhor de nome? Hmm, acho difícil. Praticamente impossível. Agora não tem volta. Já me vejo como Dominique. "Eu? Me chamo Dominique, e você?" Ai, que máximo.

É isso: eu sou a Dominique.

VIDRO

Que compreensão o inseto tem do vidro, quando bate repetidas vezes contra ele, mas só há o céu à frente?

Cleyton poderia se fazer tal pergunta, mas não chega a formulá-la, enquanto acompanha com o olhar a mosca na janela basculante do almoxarifado, sempre fechada. Os golpes de seu voo ricocheteiam contra a vertical intransponível. No silêncio, o zumbido: grito que não é voz, mas tremulações do corpo inteiro. Ela repete as investidas, sem capacidade de romper ou burlar o aprisionamento. O garoto saca o tênis do pé. Faz mira, pronto para matá-la. Nunca falha.

Quando volta à oficina, vinte minutos depois de ter saído para o almoço, o tio Josias repete a provocação de sempre: "O menino parece que não gosta de folga." Mas não se trata disso; ele apenas prefere estar ali, em meio ao ofício e aos outros artesãos, a ficar sozinho, sem nada para fazer. O tio diz que ele precisa aproveitar essa energia para retomar os estudos.

Conselhos tão repetidos quanto as provocações, ambos sem grandes efeitos. Gosta desse trabalho, desse lugar para si.

Chega à loja o primeiro grupo de excursão da tarde. Cleyton assume a incumbência de montar a escultura de vidro diante dos turistas. Por trás da parede também de vidro, eles assistem ao trabalho como a um pequeno espetáculo. Tamanha exposição seria impensável para o garoto tempos atrás, mas, quando seu Benedetti o escalou para essa tarefa – por conta da ausência de outros funcionários – e não pôde mais recusá-la, Cleyton foi surpreendido pelo olhar de agrado dos outros. As pessoas encantadas com o que ele criava. Finalmente, algo belo que oferecia, pelo qual ser medido.

Com o grupo posicionado sob os comandos do guia, Cleyton se apresenta com o bastão retirado do forno, a bolha incandescente na ponta. Os visitantes são, na maioria, idosos, mas ele busca e encontra em meio a eles, do lado oposto da transparência: a garota. Deve ter a mesma idade dele, catorze anos. Ela se amplia em lindeza, ele se retrai de vergonha. No espaço da loja com ar-condicionado, a jaqueta e a calça impecáveis protegem-na da refrigeração; no lado de cá, com o calor dos fornos, o uniforme dele mina escurecimentos de suor. Às mãos dela, o celular revestido de plástico e brilhantes filma o passeio; às dele, o cano de ferro cheira a ferrugem e sal. A parede de vidro entre os dois.

De rosto abaixado, Cleyton manipula com agilidade a lava cristalina. Deixa que ela se derrame do bastão sobre a mesa, gota imensa a escorrer mais lenta do que o tempo. Inclina o fluxo, proporciona-lhe a forma de uma coluna arqueada. Será que a garota olha para ele? O banquinho de pernas tortas estremece debaixo dele, que prossegue: a base da pasta vítrea se espalha aos poucos, de forma deliberada; alarga-se em uma campana. Bernardo, outro artesão da casa, traz do forno nova porção de material derretido. Cleyton a recolhe com a pinça de metal, aproveita a manobra para um olhar esquivo à garota. É ela, chegou o dia. Recobre parte da peça com um filete sinuoso. Pelas expressões interrogativas do outro lado da parede, ninguém decifra ainda o que está sendo gestado. Bernardo volta com mais matéria-prima. Cleyton toma dois pedaços da goma de fogo, cola-os na metade oposta à do filete anterior. Prensa-os até tomarem forma de duas finas fatias arredondadas. O que a garota enxerga nele agora? Com o alicate, belisca e puxa as bordas inferiores de cada hemisfério. A última porção que Bernardo traz recai sobre a coluna como um pingo vasto. Cleyton a recorta e molda o fragmento pousado, deixa-o esférico. Põe o excedente sobre o tampo da mesa; amassa-o com a espátula. O disco obtido é levado ao topo do conjunto. Os turistas agora reconhecem: o corpo cilíndrico, a veste celestial, os braços em prece, as asas do lado de trás, a cabeça com o halo sagrado. Cleyton forja, dia após dia, novos anjos.

Ele ergue o bastão com a estatueta presa à ponta. Passa devagar por cada um dos visitantes para exibir o querubim em miniatura. As pessoas sorriem, filmam e tiram fotos com os celulares. Algumas batem palmas de leve, testemunhas de um pequeno milagre. Ele se detém mais tempo à frente da garota. Aproxima do rosto dela a face sem traços da figura celestial;

refletem-se sob o halo as feições da menina. Cleyton imagina-se transpondo a divisória para entregar à desconhecida sua criação. O presente conquistaria o coração dela, então ele teria a glória de conversarem a sós, de chegarem à descoberta do amor. Sim, o grande momento. Em um instante, o garoto pleno da certeza de estar diante da eleita por Deus para ele. A garota, porém, vai embora com o restante do grupo. Igual às tantas outras. Cleyton forja, dia após dia, novos anjos.

"Os bichos de zoológico sempre fazendo sucesso", Wellington também com suas brincadeiras recorrentes. Todos sorriem, porque a expressão é amigável aqui. Refere-se apenas ao fato de estarem confinados e sua exposição servir ao entretenimento. Diferente da escola, onde, por outros motivos, dirigiam a ele esse termo. E outros piores. Cleyton se assombra pelas lembranças de lá: cenas das aulas e dos pesadelos da época, geminadas. Aquela vontade diária de morrer, de não ter mais que acordar e encarar os outros estudantes. Mas continuava vivo e não o perdoavam por isso.

Chegou a trocar de colégio, de nada adiantou. A artilharia de ofensas dos outros alunos só se renovava. Apelidos que se empilhavam sobre o nome dele, até soterrá-lo no esquecimento. Tinha importância como se chamava? Nomes servem para se diferenciar entre os semelhantes, não era um deles. Bicho de zoológico, o único naquele contexto. Ele, o de lábio leporino. Aprendeu, após muito tempo, o significado: "lábio de lebre". Bicho de zoológico. Na rigorosa catalogação juvenil, enquanto uns podiam ser engraçados ou bons em algum esporte, o espaço disponível para a identidade dele foi ocupado pela anomalia. Mantinha o rosto desviado dos olhares o quanto podia, a mão quase todo o tempo à frente da boca. Dela, que irradiava feiura para tudo mais nele, o menino feio. Evitava ao máximo a projeção da própria fala. Mas o quanto se pode esconder um rosto, uma voz? Ainda que se restringisse, bastava qualquer palavra dita – como responder "presente" a uma chamada, ou cumprir o dever de cantar o hino nacional – para soarem imitações aberrantes ao redor dele. Ecos da sua deformidade nas bocas tão bem delineadas dos outros. Pior eram os gestos de repugnância das garotas, que atingiam um veio de dor mais fundo, alcançável apenas por recursos femininos. Uma das meninas por quem ele foi apaixonado, para provocar a amiga, falou alto que o castigo dela, caso perdesse uma aposta, seria beijá-lo na boca. E, então, todas as que estavam em volta explodiram em gestos de asco.

Ano após ano, nenhum alívio. Tinha consolo apenas em casa, quando a mãe voltava das diárias como faxineira e se sentava à cadeira da sala, dedicada aos abraços aflitos dele. Ela trazia carinhos na voz e nos dedos, tocava-o sem repulsa. As falas da mãe, canções de ninar com o condão de adormecer os pensamentos. Ela contava do plano divino, das bênçãos ainda guardadas no mistério maior. "Você vai encontrar alguém que vai te amar por quem você é." A escolhida de Deus; a mãe parecia até conhecê-la quando a mencionava, como se apenas a esperasse chegar para o encontro marcado. Cleyton respondia com lágrimas. Que garota poderia ser tão diferente de todas as conhecidas, que se enojavam dele? A indefinição da espera o excedia. Parecia mais simples morrer e chegar logo ao Paraíso.

Mas um corpo não morre só por força do querer, como ele já havia percebido. É preciso algo da magnitude de uma violência extrema ou de uma doença grave. Feito o câncer, que havia nascido e crescido secreto dentro da mãe. Cleyton viu as tosses dela ganharem fúria nas manhãs, antes das saídas para o trabalho; o andar tornar-se mais envergado, ao descerem o morro; o surgimento do hábito de sair no meio dos cultos da igreja. Afinal, o dia em que a encontrou no banheiro de casa, debruçada no vaso sanitário, a boca babada de sangue, os olhos negros bem abertos, as pernas esparramadas no piso. Ele ligou na hora para o tio Josias. O vermelho assustador respingou no banheiro, no chão da sala, no carro do tio, à entrada do hospital.

Horas depois, as explicações do médico, que Cleyton ouvia quieto, com alguma esperança de que o tio fosse responsável por entendê-las. Em meio a tantas palavras obscuras, o senso de que uma maldição hereditária, no avesso da ordem natural, ali se transmitia à mãe, depois de ter acometido o filho. Buraco aberto no corpo, porém por dentro e lentamente, não berrante no rosto desde sempre. Câncer significa "caranguejo", ele descobriu depois, ao pesquisar para saber mais. Outro bicho de zoológico, mais feroz e sorrateiro do que a lebre.

No período de internação da mãe, fez muito mais orações do que o normal, em casa ou na igreja da comunidade. Implorava a Deus que não a levasse, não ainda. Nos cultos, o pastor prometeu curas, Jesus estava do lado dele. A mãe morreu em dez dias. O pastor disse que era o plano de Deus.

O tio Josias resolveu o que havia para ser feito, não era muito. Ofereceu hospedagem ao sobrinho, que recusou. Outras pessoas da comunidade se dispuseram a abrigá-lo, mesmo as que zombavam dele. Respondeu com negativas a todos, sem falar. O tio deu-lhe, ao menos, um pouco de dinheiro para a semana, disse que o visitaria. Na casa esvaziada, o buraco da solidão erodiu dentro de outro buraco. O garoto chorava agarrado à cadeira da sala sem ninguém. O osso da face contra as arestas de madeira. Ainda tentou voltar à escola, em manutenção da obediência à mãe; era o único traço relativo a ela que parecia ao alcance. Mas a ausência do afeto materno teve primazia; as mágoas trazidas das aulas, sem aquele antídoto, tornaram-se insustentáveis. Quando o tio Josias foi visitá-lo, Cleyton pediu para trabalhar com ele. Temia um ambiente novo, mas ainda preferiria se submeter a outros horrores, que não os do colégio. Assim começou na loja de arte em vidro.

Apresentado no primeiro dia, recebeu de seu Benedetti, o mestre italiano e proprietário, um farto aperto de mãos e o desejo de boas-vindas que, na voz do velho, soava como música de festa. Os outros artesãos – Bernardo, Tônio e Wellington – também o cumprimentaram com as mãos. Ninguém imitou a voz dele, ninguém se afastou. E chamaram-no pelo nome, sempre: Cleyton. Falaram, quando surgiram os turistas, que ali dentro eram todos feito bicho de zoológico. E riram igualmente, todas as bocas.

Sem a renovação diária do desprezo alheio, o dele por si próprio também arrefeceu. Não cobria mais o rosto, tinha os braços ocupados. E falava mesmo quando não era necessário.

A loja passou a ser seu refúgio inclusive nos dias de folga. Nessas ocasiões, seu Benedetti o chamava com mais frequência para inventar brincadeiras. Também contava histórias da terra natal dele, cidade onde as ruas eram de água, iguais a rios, e se usavam barcos em vez de carros. O garoto ouvia fascinado, fazia perguntas. Como podia haver lugares tão diferentes no mesmo mundo? Por fim, a incumbência de esculpir anjos para o público. Tarefa que passou a ocupar também os sonhos dele, em noites que antes poderiam ter sido tomadas pelos pesadelos da escola.

Sem mais ser tratado como uma aberração, passou a sentir que havia encontrado quem ele é. A profecia da mãe, portanto, cumpriria o aspecto que, só então, ele compreendeu como uma condição: "Você vai encontrar alguém que vai te amar por quem você é." Era preciso se tornar alguém. E, a partir dali, estava pronto. As garotas vindas à loja, sem o repelirem – pelo contrário, com sinais de alguma admiração – também se ajustavam, agora, ao cumprimento da promessa. A vida muito perto de erguer-se para além daquele buraco que havia sido desde sempre. Aqui, na loja, se dará a grande mudança. E será em breve. Cada dia pode ser o decisivo.

Por isso, o desespero singular quando, certa manhã, ele chega para o trabalho e encontra a loja fechada. Espera na calçada por qualquer alteração até que o tio chega de carro. "Eu tentei te ligar. O seu Benedetti teve um problema de saúde. Hoje não vai abrir." Cleyton ainda faz perguntas, quer saber como tudo vai ficar, mas o tio pouco sabe. Despedem-se. Ele prefere não voltar para casa. Circula pelas ruas do centro. Será que seu Benedetti também foi internado naquele hospital, onde a mãe ficou? Conseguirá sair? Uma lanchonete expõe anúncio de que precisam de garçom. Alguém dali de dentro olha feio para ele. Cleyton cogita ir à igreja, orar para que tudo corra bem dessa vez. Ou talvez possa fazer suas orações em outro lugar.

De súbito, a essa inclinação celestial se adere outra, alarmante: e se a enviada dos Céus havia embarcado em uma das excursões que visitaria a loja hoje? O que vem de Deus pode se extraviar, caso não se esteja presente para receber? Ele pensa em voltar, mas sabe que de nada adiantaria: não é com um garoto defeituoso, na sarjeta e sem nada às mãos, que ela deveria se encontrar. O que fazer, sem recursos? Em meio aos quarteirões acidentais, vê a torre da catedral despontar acima de todo o concreto. Decide ir até lá. Talvez outra igreja ofereça algo diferente, algo como uma segunda opinião sobre os desígnios de Deus.

Atravessa as portas, quase toma lugar na última fileira, como era costume da mãe. O que o atrai adiante, por entre os bancos vazios, são as imagens no alto. O sol da manhã incandesce os anjos nos vitrais. Queria ser capaz de criar figuras celestiais como essas, de cabelos cuja beleza corresponde aos das meninas na loja. Os rostos preenchidos de olhos, narizes, bocas perfeitas. As asas tão largas e ricas em detalhes; os halos a flutuarem, sem necessidade de aderência.

Passa tanto tempo a observar, que o padre se aproxima, pede licença para conversarem. "É onde você trabalha, filho?", aponta o logotipo da loja no uniforme dele. Ali está escrito *cristais*, mas aparentemente qualquer um entende tudo como vidro. "Por isso aprecia tanto a arte que temos aqui, certo?", o sacerdote eleva o olhar aos vitrais. Depois, explica cada uma das imagens, o que representam. O garoto entende aqueles milagres inscritos na matéria. "Posso perguntar uma coisa?", ele se envergonha da imperfeição da voz no interior da igreja. "É verdade que a vida de cada pessoa segue um plano de Deus?" O padre dá alguns passos à frente. "Sim, é verdade. Mas é preciso agir também, não só esperar tudo dele." Cleyton se cala, pensativo. "Você deve estar se perguntando: como saber a hora de agir, não é?", o padre para de andar, o garoto se detém igualmente. "Você saberá, filho. Deus envia sinais. Ele vai colocar no seu coração o que deve ser feito, quando for a hora certa."

Como seria ter algo colocado por Deus no coração? Parecido com uma vontade, só que bem maior do que apenas a própria? O padre, pouco depois, interrompe os devaneios do garoto: "Você reparou que a parte inferior dos vitrais são mais espessas? Sabe por quê? Eles derretem ao longo dos anos. O vidro parece sólido, mas na verdade é líquido." Soa como uma ideia absurda a Cleyton; ele sabe quanto calor é preciso para o vidro amolecer. Os vitrais escorrerem? Só se a igreja estivesse afundada no fogo do inferno.

De qualquer modo, a conversa fica marcada na cabeça dele. Em casa, ainda ouve circular na recordação: "O vidro parece sólido, mas na verdade é líquido." O padre, emissário de Deus. Seria um primeiro sinal divino? Talvez o que havia aparentado erro, se compreendido de outra maneira, fosse uma verdade mais profunda. Sempre pensou no vidro, mesmo derretido, como sólido, apenas um pouco mais maleável. Poderia, ao contrário, ser líquido, apenas em variação da espessura. Provavelmente, ele, Cleyton, é quem deveria ter outro entendimento das coisas. Não se trata disso, a fé?

À noite, pela primeira vez, o sonho com os anjos vítreos do trabalho mostra-se bem diferente. Está sozinho na oficina e, do outro lado da parede de vidro, surge a garota que lhe confere certeza: é a eleita. Ele vai para perto dela; não tem nada nas mãos e as pousa sobre a divisória, em gestos de contornar a garota. Para a surpresa de ambos, a divisória transparente começa a derreter ao toque dele, como se o calor de seus dedos, de seu desejo, fosse o bastante para liquefazer o vidro da parede. Quando se dá conta, está com o cano de ferro empunhado e enreda a massa amolecida que, sob o domínio dele, se reduz e se amolda a uma estatueta de anjo. Cleyton a oferece à garota, agora ao alcance dele, sem mais barreira que os separe. Os dois se envolvem, calor de outra ordem na junção dos corpos. Ele acorda, a mão dentro do pijama. Masturba-se com ferocidade, sem mais a mãe no quarto antes compartilhado.

De manhã, veste o uniforme e vai à loja. Para seu alívio, está aberta. Mas há uma movimentação estranha. Ele segue direto para a oficina, encosta-se à parede de vidro para olhar. Nenhuma diferença de espessura na borda inferior. Seria necessário esperar séculos antes de qualquer mudança? Estranho nunca ter formulado, antes da conversa com o padre, a ideia de que essa parede é feita da mesma matéria que manipula a toda hora. "Ele está certo. Se eu pudesse, também me aposentava", Tônio entra na oficina enquanto termina de falar com alguém lá fora. Quem vai se aposentar é seu Benedetti, o garoto descobre por entre as conversas ao longo do dia. Também toma conhecimento de que o fará para priorizar os cuidados com a saúde, embora não tenha sofrido nada grave. É hora de descansar, aproveitar tudo que conquistou. Quem vai assumir a loja é Renato, o filho dele. Voltou para o Brasil há pouco tempo, depois de ter estudado na Inglaterra. Ao menos, tudo se encaixou. "Deus faz as coisas na hora certa", algum dos artesãos fala. Cleyton não vê quem, de olho à parede de vidro.

No dia em que Renato chega, e é apresentado aos artesãos como o novo administrador, o garoto percebe que ele o olha daquele jeito, igual aos colegas da escola. "Qual a idade dele? Pode trabalhar aqui?", pergunta o moço de terno ao pai. Quem responde é o tio Josias: "Ele tem catorze. E pode, sim, como aprendiz." Cleyton abaixa a cabeça, cobre a boca com a mão. Parece descabida, agora, a ideia anterior de perguntar a Renato, quando o conhecesse, se na Inglaterra as ruas também são de água, como rios. "Eu vou checar, preciso ver na lei", a voz do filho é bem diferente da de seu Benedetti. Voz sem festa.

Os dois saem da oficina, não demora muito até que chegue o primeiro grupo de turistas. Cleyton toma a cana e leva ao forno, colhe a porção de vidro, vai para a frente da exibição. O agrado aparente dos visitantes lhe reassegura de que tudo vai ficar bem. Aqui é seu lugar, não está mais na escola. Ele vê que há uma garota no grupo, idade próxima à dele. Mas a eleita deve ser melhor do que essa, mais bonita. Bernardo aproxima-se com porção adicional de vidro. "É para você sair daí, deixa eu assumir", cochicha no ouvido dele. Indica, com inclinação da cabeça, os fundos da oficina. Cleyton volta-se naquela direção e se depara com Renato, que gesticula um chamado. O garoto troca de ferramentas com Bernardo, vai até o chefe. "Eu ainda não sei se você pode trabalhar com a gente. Enquanto isso, fica aqui na parte de trás. Não quero ver você lá na frente, não." O garoto se cala.

Sem muito o que fazer, circula pelos fundos, ocupa-se de tarefas menores. Mas tudo vai se acertar, repete para si mesmo. Deus faz as coisas na hora certa. No intervalo do almoço, isola-se no almoxarifado. Parece haver sempre algum inseto preso ali, condenado a se debater impotente. Ele nem tira o sapato dessa vez, esse mosquito continuará vivo. O dia demora a passar. Checa de longe os grupos de excursão, em nenhum deles a presença de uma garota da mesma idade. Já atravessou essa ausência em outros dias, não deveria ser algo perturbador desse tanto. Haverá outras chances, não? No meio da tarde, é convocado à sala da gerência.

Renato inicia a conversa: "Nós examinamos seu caso. Para você trabalhar aqui, só na condição de aprendiz mesmo. Mas precisa ser regularizado. Além de não poder exercer certas funções, você tem que estar matriculado na escola, com a frequência em dia. Você está?" Cleyton treme a cabeça que sim; só em seguida assimila a improcedência do próprio gesto. "Mas, olha, eu sei que você gosta de fazer os anjinhos para o pessoal ver, então a gente dá um jeito", seu Benedetti ameniza. "Não, pai, ele não pode. É por lei. Tem que ficar em outra função. A gente precisa corrigir essas coisas." Cleyton olha para o antigo patrão, à espera de socorro. "Mas se ele fica feliz fazendo, que mal tem? Ele não vai reclamar, se gosta." Renato rebate: "A questão não é se ele fica feliz ou não, é regularizar a situação. Empresa não é assim, pai, tem que estar tudo certinho. Você leva as coisas como se todo mundo aqui fosse amigo, fosse da família ou coisa assim. Não pode. Tem funcionário que tinha que ter tirado férias faz tempo e não tirou, tem um monte de coisas pendentes." O velho dono vira-se para o garoto com um suspiro de resignação. Renato olha daquele outro jeito. "Hoje você está dispensado. Peça na sua escola um comprovante de matrícula e de frequência, me traga amanhã. Sem essa documentação, não podemos te manter aqui."

Cleyton sai da loja pelos fundos e se percebe na rua antes da hora, demasiado na rua. Caminha sem destino, não quer subir o morro até em casa, ainda é cedo. Serão horas demais lá. Tampouco cogita ir à escola. Ainda estaria matriculado? Talvez sim, mas a frequência inexiste; se pedisse comprovante de sua presença nas aulas, a essa altura, com certeza debochariam dele. Tem que continuar na loja, precisa disso. E agora essa condição: precisa também estar na escola para continuar no lugar onde evita a escola. Os pensamentos se confundem em um zunido contínuo.

À noite, o sonho reincidente: a parede de vidro desfeita entre ele e a garota, por força do calor que carrega consigo, do bastão repentino. Porém, tudo mais confuso dessa vez:

primeiro, o rosto da prometida em instabilidade das feições, agitado por uma espécie de angústia, para além do amor; depois, ela já desaparecida, como se precisasse ter acontecido antes o derretimento da parede. Quando tem o anjo pronto, ela não está mais ali. Ele acorda e xinga. Ofensas sem destinação exata, que saem pela boca, mas continuam a se debater na cabeça. Ecos deformados do som da própria voz, proferidos pela sua mente e por ninguém mais.

O dia amanhece mais frio, a neblina não se dissipa enquanto ele desce o morro. Vai dizer a Renato que já pediu os documentos na escola, mas demora para ficarem prontos. Poderia continuar no trabalho enquanto esperam, não? Precisa ganhar tempo, nem que seja dia a dia. O que precisa é parar de mentir, está caindo em pecado. Não, só mais um dia, talvez seja o único necessário. Se Deus ajudar, tudo se encaixa perfeitamente. É essa a hora certa. Se encontrar o amor, talvez possa até sair da loja; ser o amor seu novo lugar. Renato não impedirá o destino tão próximo. Aliás, é bem capaz de ele esquecer a cobrança dos documentos, acostumar-se aos poucos com o funcionamento da loja como sempre foi.

Cleyton chega na loja, o novo chefe não está. Circula a conversa de que hoje haverá a festa de despedida de seu Benedetti, Renato deve estar atrás dos preparativos. O primeiro grupo de turistas se posiciona; aos sábados, começam mais cedo. Cleyton perscruta com rapidez os visitantes, nenhuma candidata para ele. "Está nervoso com o que, garoto?", Tônio provoca. "Não é da sua conta", ele rebate e todos soltam murmúrios, risinhos. O que vão fazer, começar a ofendê-lo aqui também? Nem ousem, é o artesão que melhor esculpe os anjos para exibição. E esse trabalho é o que mais atrai pessoas à loja. É importante. "Cleyton, depois eu queria conversar com você. Sobre essas mudanças aqui", o tio Josias diz, com aquele jeito de conselheiro tutelar disfarçado, a serviço da escola.

Precisa encontrar a eleita, não dá mais para esperar. Vamos, Deus, ande logo. Cleyton recua até os fundos, mas depois, quando o segundo grupo chega e Renato ainda não, antecipa-se de novo à frente. Bernardo esculpe o anjo, o garoto leva a porção adicional de vidro para ele, no lugar de Tônio. "Cleyton, isso não vai acabar bem", o tio Josias alerta, com seriedade. Uma moça, do lado de lá, acena ao vê-lo em serviço, fornece coragem. É linda, de vestido florido, porém mais velha, fora da faixa etária dele. E um namorado a abraça em seguida. Tem que ser outra. E precisa ser ele na feitura do anjo, não adianta aparecer só como um auxiliar. Por acaso esse namorado conquistaria aquela moça parecida com uma atriz de cinema, se fosse um mero ajudante? Está claro se tratar de gente mais importante.

Enfim, ao terceiro grupo surge a garota esperada. Linda, da idade dele, sem namorado junto. Cleyton corre para o forno com a cana em mãos, ultrapassa Bernardo e pesca o vidro ardente. Leva o material à vista dos apreciadores. Senta-se no banco torto. "Sai daí, moleque", escuta algum dos artesãos murmurar às suas costas. Não vai sair. Mira rápido a garota e, depois, quando já não a olha, tem a impressão de reconhecê-la. Teria vindo na loja antes? Se sim, foi uma das tantas que partiram sem lhe dar chance. Esperança perdida. Mas ela não olharia com tanta curiosidade e surpresa assim se já houvesse visto o processo. Ela nunca veio aqui, foi em outro lugar que a viu. Da escola não pode ser. Muito menos da comunidade onde mora, com esse estilo de se vestir. Onde já a encontrou? A sensação não pode ser despropositada.

Tudo acontece muito rápido a seguir: em uma das miradas para tentar desvendar a garota, o que Cleyton vê é Renato entrar na loja. Os passos acelerados dele, a meio caminho para a conexão dos fundos. Precisa concluir esse anjo, só mais esse. É a garota ali, a impressão de que têm alguma proximidade inexplicável se acentua a cada instante. Quase sobrenatural a ligação que pressente entre os dois. Talvez seja mesmo algo de Deus. Renato vai chegar na oficina. A gota imensa escorre devagar, mais lenta que o tempo. Deus, pelo amor de Deus. Cleyton sacode o bastão para precipitar a etapa, causa um erro. Pela primeira vez, deforma o que deveria ser um anjo. Olha para a garota, reação ao susto consigo mesmo. Como reparar o estrago? Tônio vem perto dele, com matéria o bastante para o início de uma nova escultura. Renato, do lado oposto, segura-o pelo ombro e o força com sutileza para se levantar, enquanto acena ao público, com uma felicitação que se escusa.

"Não, deixa eu começar de novo", o garoto resiste. A força do chefe é bem maior, põe em marcha a substituição, enquanto manda baixinho que Cleyton pare de se agitar. Ele olha para trás, a garota está ali ainda. De repente, a correspondência se dá à lembrança, em um déjà-vu reverso: o rosto dela entremeado ao daqueles sonhos de antes. Ela, a garota que também o esperava por trás da parede de vidro, antes que se desfizesse.

"Deixa eu acabar, eu preciso fazer só mais esse", o menino, apequenado, tenta se soltar, mas não consegue. "É proibido entrar na oficina quem não é funcionário. Você trouxe os documentos? Não trouxe, né? Então, não está admitido. Tira esse uniforme e me dá." O garoto tem ainda um último reflexo de sujeição; despe a camisa da loja, fica só com a regata de baixo, furada e encardida. "Agora deixa esse bastão ali e vai embora. Não quero te ver aqui", Renato empurra-o até a porta de saída. Cleyton olha para trás, aquela é a garota dos sonhos, é a prometida. Não pode ser expulso, não agora. Ele sente: o sinal de Deus. A força descomunal da vontade bem maior do que a própria; vontade de magnitude divina. Uma potência para além do desespero. Solta um berro voraz, que assusta o chefe. Liberado das mãos de Renato, empunha o bastão com os dois braços, aponta-o à frente, uma lança desajeitada. "Eu preciso", repete sozinho, aos arquejos. Renato corre porta afora, para a outra parte da loja.

Cleyton vai até o forno, não pode deixar que a prometida escape, não pode deixar que tudo lhe escape. Enfia o bastão de volta no calor de dois mil graus. Abstém-se do vidro derretido, não é de mais uma estatuazinha que necessita. Chega disso. A garota dos sonhos deve ser alcançada com os gestos dos sonhos. Retira a vara de ponta incandescente; seus olhos embotados de lágrimas, a boca aberta de uma fera. Grita de novo, vai até a parede de vidro com a lança ardente hasteada. Os artesãos correm da oficina, imitam a fuga de Renato com atraso. De frente ao vidro, ele toma impulso com o bastão para fincá-lo na divisória. Os visitantes se afastam aos gritos, inclusive a garota. Ele não enxerga a perturbação do outro lado, só olha para o ponto onde ataca, à espera de que se abra naquele risco opaco uma fenda de amolecimento. Nada se altera. "Eu preciso, eu preciso", a cabeça emperrada no mesmo giro. Ataca com toda a força, estocadas e mais estocadas da ponta fervente em suas mãos. As lágrimas turvam a vista, enquanto ele investe potência inútil nas pancadas. A estrutura se mantém sólida. Como se houvesse outro vidro nesse vidro, inflexível.

Os turistas percebem que estão protegidos do lado oposto. Voltam para perto, filmam e fotografam com celulares. Cleyton vê a escolhida dos Céus, ainda ali, à frente. O tio Josias tenta voltar à oficina, falar com o sobrinho, mas é contido pelos outros funcionários, que enxergam perigo. Renato detém uma viatura na rua, diz que já havia ligado para a polícia. Acompanha os guardas para dentro do estabelecimento, o qual é logo evacuado. Orienta-os a contornarem pelos fundos, onde terão acesso à oficina. "Ele invadiu. Está armado", avisa.

Cleyton continua a bater contra o vidro. Os golpes do bastão ricocheteiam contra a vertical intransponível. No silêncio, o zumbido: grito que não é voz, mas tremulações do corpo inteiro. Ele repete as investidas, sem capacidade de romper ou burlar o aprisionamento. Os policiais sacam as armas da cintura. Fazem mira.

O JARDIM DAS ESCULTURAS

Hoje estou aqui de novo, Nina. É o único movimento que ainda consigo: voltar. Eleger como destino os lugares por onde você e eu passamos. Me impor outra vez (e mais outra, e mais outra, e mais outra) as perguntas que, já sei, não têm resposta alguma. Sigo movida por essa angústia pelo nosso reencontro, deixo que ela me guie como uma intuição certeira, quando nunca mais será possível te reencontrar. O único movimento que me resta é em falso, meu amor. E é tão duro lidar com essa ideia: nunca mais. O que devo fazer, então? O que você me diria? A sua ausência absoluta, Nina, me subtrai de mim. Se um milagre nos concedesse um dia a mais, sua constatação ao me ver seria: "Essa não é você." E estaria certa. Eu, que, atada à sua perda, acabo por estender essa perda como outra sombra minha; sombra em contraponto à escuridão projetada dos meus pés. Uma teia de branco turvo, que derramo sem cessar e se embaraça em tudo que toco. Teia que se enreda de volta em mim e me esgana.

Veja só, um parágrafo inteiro. Finalmente, não? É mais do que a soma de tudo que consegui escrever desde que você se foi. Nas outras folhas deste caderno, só a anotação, ao topo da página, de cada lugar onde tentei um recomeço e, em seguida, nada mais. Ou, no máximo, umas palavras riscadas. Pequenas revoltas de tinta preta, que dizem mais pela investida de soterrar as letras do que pelo que elas tentariam dizer.

Assim que coloquei o termo *Hoje* no início destas linhas, o hábito da derrocada se apoderou de mim. Paralisou minha mão por um instante. O peso dos fracassos só se acumula, Nina, nenhum que é acrescentado remove os anteriores do lugar. Tantas vezes tenho tentado retomar a escrita, você nem imaginaria. Me sinto em um daqueles trabalhos de reabilitação, tentados no começo do seu caso, porém sem ninguém para me acompanhar. Para me fornecer orientações. E também falho, igual você. Tento recuperar, à força, os músculos responsáveis por construir frases, as sinapses que disparam as palavras. Isso me exige mais do que tenho para dar. Quantas páginas arranquei e amassei; quantos arquivos de computador fechei com rejeição à pergunta se gostaria de salvá-los; quantos guardanapos de bar a ponta de minha caneta apenas furou. Cogitei iniciar diários, mas eu não tinha nem os dias. Escrevia: *Hoje*, e toda continuidade se recusava. Apenas essas quatro letras ali, à deriva no branco turvo da página. Quatro são também as letras do seu nome, Nina, e as letras do nome do amor. São sempre os mesmos nomes; *Hoje* é como chamamos o dia no qual estamos o tempo todo.

Eu queria tanto poder sair do hoje, Nina.

Aqui, no jardim das esculturas (sei que você se lembraria da primeira vez que viemos; da segunda, nunca terei certeza), com este caderno no colo, penso, quase desatinada, que os lugares talvez guardem lembranças de nós, da mesma forma que guardamos deles. Os desgastes nas pedras de escadas seculares, ou a preocupação de proteger obras valiosas com caixas de vidro, tudo isso mostra que nossos contatos afetam os espaços e objetos que conhecemos. As estátuas ainda portarão algo seu, Nina? Elas se mantêm ilesas aqui; não se tornaram pó. É essa permanência o que busco? Algum traço de perpetuidade, para além da matéria perdida. Como a luz de uma estrela dita inexistente, que chega aos nossos olhos após sua extinção e refaz, para nós, a estrela. O universo, breu infinito de nostalgia e solidão, preenchido pela claridade do que se foi. E ainda me dizem para não pensar tanto no que se foi. Como poderia? Todo o cosmos responde ao que ficou para trás. E, quando olho para o futuro, Nina, só vejo reflexos projetados da nostalgia. Como se visse a vida, aqui, de um lado oposto do telescópio. Acontece com quem, no curso da existência, sabe que sua melhor fase veio antes. E já se encerrou.

Nina.

A cada vez que minha mão traça seu nome, penso ser o único motivo pelo qual desejo a escrita. Todas as outras palavras apenas para orbitá-lo. Nina. No mais, desconheço ao certo meus motivos. O que é isto, a se espalhar diante dos meus olhos e dos meus dedos? Uma carta, que jamais chegará à destinatária, mas que ainda assim preciso entregar? Tentativa de recuperar, ao menos, uma capacidade vital minha? Algo que me define e no qual eu me busco de volta. Mero disparate? Tudo é igualmente absurdo. Mesmo os livros que escrevi e publiquei, eles me parecem, agora, o delírio de outra pessoa. Alguém que acreditava na serventia de se inventar histórias, de ordená-las na forma de texto. Ao menos, isso eu sei: o que escrevo aqui não tem nada de literário. Brota de outra parte de mim; uma parte que não existia até eu te perder. E nada disso caberia em um livro, como se fosse também uma estátua erigida, um artefato. Algo esculpido e deixado à mostra dos outros. Não.

Talvez, seja só uma forma de ainda me reportar a você. De acessar, e preservar, essa porção do meu ser: alguém que pronuncia seu nome; alguém que te conta da própria vida e, assim, redesenha e melhora os contornos dessa vida. Quebro o silêncio das partilhas que eram só contigo. Porque preciso colocar as lembranças em movimento. Somos feitos da soma de nossas memórias, Nina; se elas se apagam, eu desapareço junto. Nada pode ser revivido, mas, talvez, criar simetrias de experiência já traga alento. Um conforto psicológico, como o bem-estar de alguém que endireita um quadro na parede: em meio ao caos de tudo, a reta da moldura posta no mesmo ângulo da linha irrevogável do teto. Por isso vim até aqui?

O jardim está vazio, não há mais ninguém. Eu sei, essa frase soa como um clichê horroroso, um artifício de melodrama, mas o que fazer? É a verdade. Meu lado escritora queria apagar isso, mas acontece de ser a vida. Manhã de terça-feira, quem mais viria? Com a predominância do silêncio, ouço os sons do ambiente como se me fossem devolvidos os nossos ecos. As folhas secas ainda estalam, Nina, por seus pés terem pisado nelas. Já aquele som diferente, da segunda vez, apagou-se no ar: as folhas trituradas sob a cadeira de rodas, empurrada por sua mãe. Ali já havia um afastamento de mim, não? Podia ter sido eu sua condutora, não fossem as insistências contrárias. Para onde você foi, Nina? Mesmo antes de morrer, que limbo já habitava? Eu nem entendo por que repetimos esse passeio, com você naquela condição. Foi ideia da sua mãe? Minha não deve ter sido. Ainda não buscava reconstruir sua presença (deveria, já àquela altura?), acreditava que ela se mantinha no seu corpo. Apesar do seu corpo. Você nem olhava para nada mais; alheia às esculturas, alheia ao jardim, alheia à minha companhia. E não tinha chegado à fase de perder os movimentos do pescoço, o controle pleno do rosto. Era outra a paralisia que te tomava.

Eu te amei tanto, Nina. Até hoje, não consigo assimilar tudo que aconteceu e é inegável. Preferiria dizer que ainda te amo (porque é verdade, ainda te amo), porém, conjugar seus verbos no presente me fere. Acusa o erro de tudo, o erro de proporções cósmicas. Linhas tortas de Deus, embustes do Zodíaco, falta de piedade e justeza do acaso, seja o que for. Nada poderia justificar que alguém como você se fosse tão cedo. E de forma tão dolorida.

Travo batalhas contra as teias do meu próprio pensamento, o branco turvo da minha mente. E contra os vícios das minhas mãos de escritora. Veja: insiste, nos meus impulsos prévios a preencher estas linhas, a analogia entre a evolução do trabalho da escultora, exposto neste jardim da Fundação dela, e a deterioração da nossa história. A sua deterioração. Que truque barato, pertencente ao meu antigo mundo, no qual me amparar (e quem, no fundo, não busca alguma forma de amparo o tempo todo?). Talvez, essa metáfora obstinada possa ser como a parte sólida de cada peça – o bronze, a cal, o granito – e o que tento rememorar, trazer para cá, sejam os vãos delas, que desenham as figuras tanto quanto seus contornos sólidos. Cadê você, Nina, para me dizer que tudo isso é cafona demais? Para reprovar meu texto e me levar a começar tudo de novo. Eu preciso começar tudo de novo.

Vou escrever a analogia, para, ao menos, tirá-la da minha mente de uma vez: percorri o jardim conforme o trajeto indicado, hoje. Ou seja, conforme foi sua vontade, naquela primeira vez. "A cronologia é importante", você argumentou. Se soubéssemos da ruína do tempo que viria pouco depois, não? Enfim, passamos primeiro pela fase realista da escultora: representações fidedignas do corpo humano e dos objetos, seus símbolos do amor e do erotismo. Lembra-se de que, diante daquele casal em bronze, em que o homem e a mulher mantêm apenas um fio de distância, enquanto se olham de frente, você nos colocou na mesma posição e disse: "Imagine se fossem duas mulheres?" Seus seios tocaram os meus, como prestes a nos fundirmos no mesmo metal macio. Uma peça única. Nós, ainda duas mulheres que se amavam e tinham o mundo inteiro disponível como matéria-prima da paixão. Tinham os próprios corpos. Nina, preciso de você para me dizer que tudo isso é piegas, preciso que você me detenha. Sou capaz de continuar: a fase seguinte da obra da artista, com a quebra do figurativismo e a desmontagem das formas humanas. O seu diagnóstico. O rompimento com o futuro, que fraturou também o presente de então. Daqui, do topo, vejo as cruzes estilizadas no segundo segmento do jardim; uma espécie de cemitério sem ainda sê-lo. A morbidez te atingiu antes de qualquer sintoma observável. Foi naquele período que começou seu processo de separação de mim? E então, a fase final, abstrata. Monumentos disformes, muito maiores do que nós. Lembro de, na primeira vez, ter me emocionado especialmente com aquele chamado *O derradeiro mistério*. Parecia um olho enorme a me observar e, sob esse olho, uma boca aberta, como se sugasse todo o ar da atmosfera. Do universo. Nada sobraria, tudo tornado em branco como a cal que recobria a peça. Branco turvo. Na segunda vez em que viemos, me aterrorizei e chorei ao me deparar com essa fenda aberta para o nada. Você, já tão longe de mim, rumo ao outro lado. Conduzida só por sua mãe. O cosmos inteiro a nos separar.

Nesta manhã, toquei a superfície da peça. O derradeiro mistério. Não senti nada, só o frio indiferente na ponta dos meus dedos. As estátuas são as estátuas e nada mais, Nina. Sou mesmo capaz de continuar? Queria escrever palavras que não tentassem ser símbolo de outra coisa, mas a própria coisa. Escrever "amor" como se escrevesse "fogo" e, assim, a folha se queimasse. Queria ser uma pirógrafa, Nina. Queria ser qualquer pessoa que ainda consegue prosseguir através dos dias. A recepcionista, aqui, do jardim, que oferece sorrisos junto aos folhetos; o motorista de aplicativo, que me trouxe e ainda tem afinidade com o tédio inofensivo. Os coveiros, que te enterraram com tanta displicência. É uma forma de sabedoria, fechar alguém debaixo da terra e não ser também tragado pelo apocalipse?

Eu olhava para sua foto na lápide e pensava que aquela imagem seria seu epitáfio. Uma Nina jovem, pré-doença. A edição da sua memória, estabelecida por alguma outra pessoa (sua mãe, provavelmente). Era bom; adequado de certa forma. Mas também mostrava que muito ficou de fora. Nosso esquecimento deliberado. Não sei se fui a única atenta a isso, mas não tiramos nenhuma fotografia sua naquela última fase. Parece que alguém inventou que a senha para se entrar em um retrato é "sorria" e, a partir de então, as câmeras só serviram aos instantes de contentamento.

Ou a verdade é pior, e eu deteste admitir. Já havíamos chegado ao ponto em que você não pedia gentilmente que fossem evitadas imagens suas. Só gritava comigo. Seu espírito também caiu na malha degenerativa, na predação autoimune. Que armadilha terrível, Nina; armadilha perfeita: a traição do corpo contra o próprio corpo. Às vezes, penso que nunca haverá cura para algo assim, se ao sistema de defesa da pessoa não interessa ser ajudado para evitar a destruição, mas sim levá-la a cabo. Tenho tanta raiva, Nina. Minha tristeza é raivosa. Outro dia, ouvi uma senhora na rua dizer que Deus criou o corpo humano de uma forma perfeita; tive vontade de quebrar a cara dela.

Era um ódio dessa proporção, assolador, o que te tomou? Eu já oscilei tanto, entre tudo que acreditei, ou quis acreditar, sobre suas reações a mim no final. Enquanto você estava viva, eu tentava me convencer de que era apenas seu modo – adoecido – de me preservar. Sua mãe também me persuadia dessa ideia. Hoje, já não sei. Posso ter sido mais uma das coisas que perderam significância para você, como seu cargo de gerência e suas competições de nado em águas abertas, uma vez que você viu o abismo cair em cima de você. Nunca mais esqueci essa sua expressão: um abismo invertido, vindo de cima para te esmagar no vazio. Fui parte das coisas que se tornaram pequenas demais, das quais se livrar no caminho para esse fundo desconhecido, inaudito.

E você usou todos os recursos dos quais era capaz nesse intuito, até que eu me resignasse. Acho que eu deveria ter ido embora antes, para te poupar. Mas seria esse o nosso fim? Uma subtrair da outra aquilo que mais poderia estar próximo de uma salvaguarda – nossa companhia mútua – apenas em nome da preservação alheia? Não podia ser, Nina. Não pode ter sido esse o nosso final. Eu queria ter ido com você até a beira do abismo, no mínimo. Soltar da sua mão só quando você também estivesse desvencilhada da sua mão.

Só aceitei me afastar por ter percebido que, ao insistir em me fazer presente, eu te obrigava a novos esforços para me tirar da sua vida. Me tirar da sua morte. Esforços que te minavam ainda mais depressa. A minha dedicação amorosa a você se tornou um paradoxo: contrariava seu desejo, fazia de você uma pessoa pior. Ou digo isso apenas como defesa própria, por ter sido fraca? Submissa ao terror da doença e à sua tirania. Deveria ter lutado mais, ainda que essa luta se tornasse antagônica a você, para permanecer ao seu lado? Eu me senti parte da traição de seu sistema de defesa; alguém que deveria te proteger e se tornava alvo. Você me atacou o quanto pôde, com sua letalidade voltada para dentro. Me insultou de todas as formas possíveis. Confessou traições inventadas, nas quais ninguém acreditaria. Atirou-as na minha cara, como se tivesse o dever de se vingar de mim. Iniciou uma espécie de exibicionismo das escatologias do seu organismo, com a intenção de me incutir repugnância. Eu via em você mais do que as formas dissolutas do seu corpo, isso pouco me afetava. Nenhuma de nós duas era criança, ou adolescente, para se horrorizar com qualquer excreção do corpo. Sua magreza de proximidade da morte, de quem tem a morte vinda de dentro para fora, a morte a sugá-la, mais me comovia do que me repudiava.

Então, você sacou outras armas: deturpou os sentidos de meus gestos até que eles parecessem patológicos. Espalhou boatos para quem a visitava; chegou a implorar que te ajudassem para que eu a deixasse em paz, ainda por cima naquela situação. Dizia que nossa relação já havia terminado, que já havia rompido comigo várias vezes, eu apenas não aceitava e me aproveitava da sua fragilidade. Uma louca te perseguindo. Passei vergonha na frente de tantas pessoas, Nina; algumas delas, inclusive, eram amigas que começaram a suspeitar de mim. Poucos compreenderam seu jogo, suas intenções; mesmo esses, de outras maneiras, insistiram que seria melhor nós nos oferecermos distância. Diziam para mim que era melhor eu sair de perto por uns tempos. Quanto tempo achavam que tínhamos? Até hoje, a maioria não se reconciliou comigo.

Você nos mergulhou em uma espiral de dor e humilhações, a qual nunca imaginei que pudesse articular. Sua agressividade verbal só aumentou, enquanto a física foi limitada pela aniquilação dos músculos e das respostas neurais. Incansável na empreitada de me rebaixar, você deu início a flertes descabidos com outras mulheres (e até homens) na minha frente. Enfermeiras do hospital, cuidadoras na casa da sua mãe, médicos que apenas te retribuíam com sorrisos tão constrangidos quanto indulgentes. Um vexame. Vários vexames. Mesmo assim, continuei ao seu lado. Minha resistência às suas tentativas de me expulsar era, na verdade, uma forma de te dizer sim; todo o sim do qual eu fosse capaz, contra o seu não. Por fim, você me atacou onde mais doía: escarnecia em voz alta, para todos, do meu trauma fundamental. Aquele que, de todas as pessoas da minha vida, somente a você dei para conhecer. Então, tive certeza: o bem que tentava te fazer havia se tornado menor, muito menor, do que o mal exigido de si mesma para me quebrar. Se você se dedicava tanto a me expelir, quando a tudo mais se mantinha indiferente, era porque precisava muito disso. Acatei. No seu processo autoimune mais vasto, também fui uma parte sua a ser eliminada.

Até hoje me pergunto: por que essa cruzada contra nossa união? Foi por causa da doença, ou de alguma comorbidade oculta que afetou sua lucidez? Sua capacidade de amar e ser amada. Talvez tenha sido uma espécie de vergonha existencial; vergonha da própria falência, da própria morte. Tão exigente consigo mesma, você não suportaria a incapacidade que te acometia. A dificuldade não mais com análises complexas de dados ou travessias de longas distâncias no mar, mas de simplesmente erguer o braço ou ir ao banheiro. Fui embora, Nina. Fui embora e isso nunca será perdoado, nem por você, nem por mim mesma. Eu só

Tão estranho escrever de novo nesta mesma página. Como se não houvesse quebra, quando, na verdade, há tanta separação no tempo. E em tudo mais. Ao reencontrar este caderno, em meio à mudança, apenas o folheei e me deparei com essa linha inacabada. Uma pausa de tantos anos. O susto paralisou minha mão por um instante. Tentei buscar na memória, mas não faço ideia do que iria colocar em seguida ao: *Eu só*. Seria um verbo, para fazer do *só* um advérbio com o sentido de "somente", ou uma pontuação que o configurasse como adjetivo do sujeito, definidor da solidão do *Eu*? Nem mesmo me recordo o motivo da interrupção (se é que eu precisava de qualquer motivo a mais naquela época). Sei que comecei, agora, a ler o que havia deixado e, ao chegar nesse ponto (sem ponto), tive o ímpeto de dar continuidade ao texto. Hoje, respeito mais minhas vontades, acima da inclinação a ordenar o suposto pertencimento de certas coisas a um tempo e espaço definidos. Sim, este texto é de outra época e é do dia de hoje. *Hoje*: sempre o mesmo nome para o dia, mas nunca o mesmo dia.

Confesso que cheguei a fantasiar uma volta ao jardim das esculturas, para escrever de lá. Pegar o carro, dirigir pela estrada com uma música que me emocionasse (até visualizei a estrada, como em um vídeo bem filmado, de luz dourada). Não preciso disso. Talvez no futuro precise; tudo bem, se for o caso. Estou aberta à desordem do tempo, dos desejos e daquilo a que nos habituamos a ter como nosso eu. Tudo é tão imponderável. Talvez o que me machuque agora seja o que me cure amanhã. E vice-versa. Mas devo dizer: aquela miniatura, trazida de lá na primeira vez, está aqui, como sempre esteve. E a posiciono em um lugar bem visível: a réplica do casal de bronze, que não se toca em definitivo. Olho para ela e lembro.

Já que retomei essas linhas, deixe-me contar um pouco do que tenho vivido. Talvez, seja uma boa hora para contar também a mim mesma. Começo por uma das coisas mais importantes: voltei a acreditar na composição de histórias. Só precisei reconstruir em mim o campo que elas ocupam; uma espécie de terraplanagem para erguer tudo de novo, a partir do chão. E precisei me tornar uma nova pessoa, não só uma nova escritora. Porque havia acontecido isso, depois da sua morte, Nina: eu deixei de ser alguém que escreve. Isso vem antes de qualquer poética, qualquer competência ou talento, qualquer semântica. Um pedaço de mim morreu.

Agora, estou melhor. Avanço aos poucos com a escrita de um novo livro, o primeiro que não atiro de imediato à lixeira. Creio estar em um bom caminho; sinto falta de alguém para ler e opinar. Alguém com quem partilhá-lo; sinto saudade dessa forma de confiança em outra pessoa. Confiar é um grande ato de expansão de nós mesmos. Abandonei o mestrado, não ia conseguir cumprir os prazos. O tempo ficou diferente para mim, Nina. A cronologia. Passei a trabalhar em outra escola. Nada de muito novo, mas paga as contas. Quanto a relacionamentos, saí com uma garota ou outra, não deu muito certo com ninguém. Para mim, é uma pequena vitória pessoal mencionar isso, aqui, sem a sensação fantasmagórica de que te magoo. De que devo prestar contas a um ciúme metafísico seu.

Minhas conversas com sua mãe têm se escasseado. Mal nos falamos atualmente. Antes, eu acreditava que poderia ter nela uma companheira de luto, mas é curioso como seguimos itinerários opostos dentro dessa mesma travessia. De certa forma, perdemos pessoas diferentes, ainda que seja a Nina para ambas. Falta-nos também o que cada uma de nós se tornou por ter você conosco. Uma individualidade da dor; você não é minha filha, nunca foi o par romântico dela. Nenhuma dor, ainda que semelhante, é idêntica. Sua mãe se remete mais à sua infância, à fase antes de você se relacionar comigo; eu, obviamente, me atenho ao oposto. Na última vez que fui à casa dela (sua casa também, mais perto do fim), perguntei-lhe se queria ter feito algo diferente, se sentia alguma culpa. Comentei que o meu remorso era imenso por ter me rendido aos seus apelos e te deixado. Não me perdoava por isso. Sabe qual foi a resposta? Com aquele jeito típico, quase debochado, disse: "Olha, quem precisaria de perdão seria ela. Nossa, a Nina ficou insuportável, nem eu a reconhecia daquele jeito. Fiquei aliviada por você, quando decidiu seguir com sua vida, Andrea." Achei até estranho ela classificar dessa forma minha partida, aquilo que me parecia minha derrota. Depois, ela reafirmou que aquilo era o melhor que você, Nina, conseguiu fazer naquele momento, por mim. Por nós. "Bom, você sabe, ela realizou a passagem pouco depois. E foi o momento de maior paz para ela essa etapa final." Foram as últimas frases da sua mãe, antes de nos calarmos.

E, claro, adoraria dizer que essa fala foi uma redenção para mim. Mas, depois de tudo, sinto que nunca vou me sentir apaziguada de todo. Talvez deseje mesmo isso: manter alguma inconformidade. É um jeito de te resguardar do esquecimento, preservar a vivacidade de suas marcas em mim. Ao menos, sua mãe me redimiu de grande parte das culpas, com a informação de que, para você, o meu distanciamento foi um descanso na loucura. Lembra-se dessa definição do amor, da qual gostávamos tanto? (E essa afinidade comum, esse mesmo olhar, os momentos em que a mencionamos juntas, me dizem mais sobre o amor do que a própria definição.) Sim, Nina. Você precisava ter o caminho livre para o abismo. O nado em águas abertas. Era parte do que gostava naquela modalidade sua; sempre me dizia: "Sou só eu ali. Eu e aquela imensidão." Você e a imensidão, Nina. Minha saída de perto e as suas ofensas não mudaram, nem poderiam mudar, nada do que viemos a nos tornar depois, nada do que fomos antes. Aquilo já não era a nossa vida; e o que importa, para nós, é a nossa vida. É dela que somos feitas e o que terá permanência. Isso é tudo. E nem a morte, Nina, nem a morte precisa de nosso perdão.

AGRADECIMENTOS

Agradeço à Editora Record, em especial a Rodrigo Lacerda, Duda Costa, Nathalia Necchy e Leonardo Iaccarino, pela parceria na materialização de mais um livro.

Pela leitura de todos os contos (mais de uma vez, em certos casos) e por conversas preciosas, agradeço a Flávio Izhaki, Maurício de Almeida, Ricardo Viel e, em especial, Adriana Lisboa, que ainda me deu a honra de um texto de orelha. Obrigado também a Roberto Tuelho, Lucca Cidin, Wesley Peres, Ana Kalline e Teodomiro Neto por contribuírem com informações e elementos a algum conto específico.

Agradeço a todos os familiares, especialmente meu pai (em memória) e minha mãe; a amigos e amigas, leitores e leitoras que têm dado apoio a toda essa jornada na escrita de livros. Neste volume, estão histórias desde meu primeiro ano de publicação até o mais recente. Agradeço a todo mundo que tem feito bem a esse caminho, de alguma forma.

Minha gratidão sempre a Babi, que também tem feito bem a esse caminho, também fez a leitura de todos os contos (mais de uma vez, em certos casos), também contribuiu com informações a contos e elementos específicos, também é minha parceira na materialização de mais um livro. Está em tudo.

Muito obrigado.

Este livro foi composto na tipografia Minion Pro,
em corpo 11,5/16,3, e impresso em
papel off-white no Sistema Cameron da
Divisão Gráfica da Distribuidora Record.